*Berliner
Zollgeschichte(n)*

Berliner Zollgeschichte(n)

von der Zeit Friedrichs des Großen
bis in die Gegenwart

mit einem Vorwort von
Dieter Dewes, BDZ-Bundesvorsitzender
Deutsche Zoll- und Finanzgewerkschaft, Berlin

herausgegeben von
Volker Böhm

Bibliografische Information der Deutschen Nationalbibliothek:
Die Deutsche Nationalbibliothek verzeichnet diese Publikation
in der Deutschen Nationalbibliografie; detaillierte bibliografische
Daten sind im Internet über http://dnb.dnb.de abrufbar.

© 2015 Volker Böhm
Satz, Umschlaggestaltung, Herstellung und Verlag:
BoD – Books on Demand

ISBN: 978-3-7392-5925-3

Inhaltsverzeichnis

Vorwort
des BDZ-Bundesvorsitzenden
Dieter Dewes

Liebe Leserinnen und Leser,

mit dem vorliegenden Buch wird nicht nur ein regionales, sondern auch ein nationales Kapitel der Zollgeschichte beleuchtet. Zwar rückte Berlin schon zu Zeiten Friedrichs des Großen immer mehr in den Mittelpunkt Preußens. Doch erst seit der Reichsgründung 1871 stand Berlin als Hauptstadt Deutschlands im Fokus und bildete ab 1945 die Nahtstelle zwischen Ost und West.

In den ersten Jahren nach der Niederlage Deutschlands im Zweiten Weltkrieg ging es dort – wie es im Kapitel, das die Zeit der Viersektorenstadt beschreibt, heißt – zunächst um nichts anderes als um das Überleben. Die Auswirkungen von Blockade und Luftbrücke in dieser Zeit lassen sich kaum besser als an der Geschichte des Zolls und den damaligen Kontrollen entlang des »Eisernen Vorhangs« ablesen.

Volker Böhm ist es gelungen, mit einer breiten Themenpalette diese Geschichte und Geschichten zu erzählen. Er spart dabei auch die dunklen Kapitel rund um den Mauerbau in der geteilten Stadt mit zerrissenen Familien nicht aus. Am Beispiel von Einzelschicksalen und authentischen Begebenheiten wird die Zeit des Kalten Krieges anschaulich geschildert und erlebbar gemacht. Es ist ein Verdienst dieses Buchs, die Erinnerung an die Irrungen und Wirrungen deutscher Geschichte wachzuhalten und die Grausamkeit einer Grenze zu vergegenwärtigen, die Ost und West 40 Jahre lang trennte.

Der BDZ, 1948 gegründet, hat diese Trennung von Zöllnerinnen und Zöllnern in Ost und West schmerzlich erlebt. Umso euphorischer war die Freude über die deutsche Einheit, die für den BDZ im Jahr nach dem Mauerfall 1989 untrennbar mit der Fusion des BDZ mit der »Gewerkschaft der Zöllner in der DDR« (GdZ) verbunden war. Es ist ein bemerkenswerter Zufall, dass das Erscheinen dieses Buches mit 25 Jahren Einheit und damit auch mit einem Vierteljahrhundert des Bestehens einer gesamtdeutschen Zollgewerkschaft zusammenfällt.

Gerade im gewerkschaftlichen Leben lässt sich der Prozess des Zusammenwachsens von Menschen lebhaft beobachten. Aus Zöllnerinnen und Zöllnern, die sich in unterschiedlichen ideologischen Systemen gegenüberstanden, wurden befreundete Kolleginnen und Kollegen in einem wiedervereinten Deutschland.

Ein Historiker hat einmal formuliert:

> *»Die Geschichte bleibt der einzige Schlüssel, um zu begreifen,*
> *was wir sind und warum wir sind, was wir sind.«*

Diesem Anspruch wird Volker Böhms Buch »Berliner Zollgeschichte(n)« gerecht, weil es den Leserinnen und Lesern lebensnah vor Augen führt, woher die Zöllnerinnen und Zöllner in Ost und West kamen und warum sie heute gemeinsam für einen demokratischen Rechtsstaat einstehen, der jetzt und in Zukunft ein Garant einer freiheitlichen Gesellschaftsordnung ist.

Dieter Dewes
BDZ-Bundesvorsitzender

I. Die von einer Mauer umschlossene Stadt

Einführung

Im Jahre 1736 wurde eine Mauer (Akzisemauer, Zollmauer) um die Gesamtstadt Berlin (Friedrichswerder, Dorotheenstadt, Friedrichstadt, Berlin und Cölln) gebaut, die zum Schutz gegen den Schmuggel dienen und Deserteuren ein Hindernis sein sollte. In der Mauer gab es Stadttore, Einlass- und Auslassstellen, an denen kontrolliert und die Akzise festgesetzt wurde (Überwachung des Warenverkehrs durch die Torkontrolle, Torwache, Torschreiber).

Die Akzise, nur kurze Zeit städtische Steuer, ist eine indirekte Steuer, eine Verbrauchssteuer auf die wichtigsten Lebensmittel, Genussmittel (Kaffee, Tee, Bier, Tabak) oder sonstige Verbrauchsgüter, wobei für Luxusartikel höhere Sätze vorgesehen waren (Akzisetarif). Die Akzise wurde seit Friedrich Wilhelm I. (»Soldatenkönig«) auch als Schutzzoll eingesetzt, indem fremde Waren höher als die einheimischen belastet wurden.

Der Schmuggel bestand vor allem in der »Defraudation der Akzise«, der Hinterziehung der Akzisesteuer.

Die Mauer existierte als geschlossener Ring 129 Jahre; sie wurde 1736 vollendet; im Jahre 1865 wurde mit ihrem Abriss begonnen. Grund des Abrisses: Die Steuergrenze wurde der neuen Stadtgrenze angepasst und die Akziseerhebung von den Toren an die neue Stadtgrenze vorverlegt.

Die Namen, z.B. Oranienburger Tor, Brandenburger Tor, Potsdamer Tor, Hallesches Tor, gehen auf Tornamen der Mauer zurück. Das einzige noch vorhandene Tor dieser Mauer: das Brandenburger Tor.

Helmut Zschocke stellt fest *): Kein Berliner Bauwerk hat eine solche Karriere gemacht wie das Brandenburger Tor – zuerst einfacher Ein- und Auslass, dann repräsentatives Empfangsgebäude, danach Wahrzeichen der Stadt und schließlich Symbol der Einheit der ganzen Nation.

Quellen:

Brockhaus Enzyklopädie in 24 Bänden, 19. Auflage, Mannheim 1987

Bernd Stöver: Geschichte Berlins, Verlag C.H. Beck oHG, München 2010

Eckart D. Stratenschulte: Kleine Geschichte Berlins, dtv München 1997

Hans Ludwig: Altberliner Bilderbogen. Sonderausgabe für Prisma Verlag GmbH, Gütersloh 1978

Helmut Zschocke: Die Berliner Akzisemauer – Die vorletzte Mauer der Stadt, 1. Auflage, Berlin: Berlin Story Verlag 2007

Wikipedia-Artikel: Geschichte Berlins, de.wikipedia.org./wiki/Geschichte_Berlins (zuletzt aufgerufen am 14. November 2014)

---

*   s. Helmut Zschocke unter Quellenangabe

Einreise nach Berlin im Jahre 1750

Die Erzählung des thüringischen Kandidaten Johann Christoph Linsenbarth

Im Dorfe Hemmleben in Thüringen (heute: Hemleben, Kyffhäuser-kreis) war die Pfarrstelle frei geworden. Der Kandidat der Theologie Johann Christoph Linsenbarth, der den verstorbenen Pfarrer oft ver-treten hat, schreibt zu Beginn seiner autobiografischen Erzählung: »Keine Gedanken waren bei mir, das Pastorat zu profitieren.«

Die Pfarre Hemmleben war eine Patronatsstelle, die der Graf von Werthern auf Schloss Beichlingen zu vergeben hatte. Der Graf bot Linsenbarth das Pastorat an. Doch die Sache hatte einen Haken. Lin-senbarth sollte nämlich die Kammerjungfer der Frau Gräfin heiraten und mit ihr die Pfarre beziehen. Als Linsenbarth dies hörte und ihm klar wurde: »Ich gebe, damit du etwas tust! – Willst du die Pfarre, so nimm die Quarre. …«, lehnte er ab. »Das wäre ja eine gezwungene Ehe, daraus tausend Inconvenientien entstehen könnten.« Linsen-barth berichtet: »Der Graf von Werthern«, hieß es, »hätte mir nur aus eigener Bewegung, ohne mein Gesuch, ein Amt angeboten, und das wäre ein seltenes Beispiel, ich aber hätte das so gnädige Anerbieten trotzig und verwegen ausgeschlagen. Kurz, es wurde mir unter die Augen gesagt, daß man nimmer an mich denken wollte. Um nur aus den Augen zu kommen, verließ ich mein Vaterland und ging nach Berlin.«

Zu der Zeit regierte Friedrich II. (später Friedrich der Große genannt) in Preußen. Am 20. Juni 1750 traf der Kandidat Linsen-barth an einem der Berliner Stadttore ein. Er ist bereits 61 Jahre alt, seit 40 Jahren Kandidat der Theologie und Hauslehrer, ein langer, hagerer, unbeholfener Mensch. Folgen wir nun der Erzählung Linsenbarths:

»... Da wurden mir denn auch sogleich auf dem Packhofe, bei Visitirung meiner Sachen, 400 Reichsthaler Nürnberger ganze Batzen weggenommen. – Und warum das? Der König hätte die Batzen schon etliche Jahre ganz und gar verschlagen lassen, sie sollten in seinem Lande nichts gelten, und ich wäre so kühn und brächte die Batzen hierher – in die Königliche Residenz! – auf den Packhof – Contrebande, Contrebande! Das war ein schönes Willkommen. Ich entschuldigte mich mit der Unwissenheit, käme aus Thüringen, viele Meilen Weges her, hätte mithin ja unmöglich wissen können, was Seine Majestät der König in Dero Ländern verbieten lassen. Das wäre keine Entschuldigung. Wenn man in eine solche Königliche Residenzstadt reisen und daselbst verbleiben wolle, so müsse man sich nach allem genau erkundigen und wissen, was für Geldsorten im Schwange gingen, damit man nicht durch Einbringung verrufener Münzen Gefahr laufe. Was soll ich denn anfangen? Sie nehmen mir ja sogar unschuldig die Gelder weg! Wie und wovon soll ich denn leben? Da müßte ich zusehen! Und er wollte mich bedeuten, wenn die Sachen auf dem Packhofe visitirt worden, so müßten solche von der Stelle geschafft werden. Es wurde also ein Schiebkärrner herbeigerufen, meine Effecten aufgeladen und fortgefahren. Dieser brachte mich in die Jüdenstraße in den weißen Schwan, warf meine Sachen ab und forderte 4 Gr. Lohn. Die hatte ich nicht, der Wirt kam herbei, und als er sah, daß ich ein gemachtes Federbette, einen Koffer voll Wäsche, einen Sack voll Bücher und andere Kleinigkeiten hatte, so bezahlte er den Mann und wies mir eine kleine Stube im Hofe an. Da könnte ich wohnen, Essen und Trinken wollte er mir geben. Und so lebte ich denn in diesem Gasthof acht Wochen lang ohne einen blutigen Heller, in lauter Furcht und Angst. ...«

Endlich wurde ihm der Rat gegeben, sich unmittelbar an den König zu wenden. Frühmorgens begab er sich mit seinem Gesuch nach Potsdam. Folgen wir weiter der Erzählung Linsenbarths:

»... Und da war ich auch so glücklich, den König zum ersten male

zu sehen. Er war auf dem Schloßplatze beim Exerciren seiner Soldaten. Als dieses vorbei war, ging er in den Garten, und die Soldaten
auseinander, vier Offiziere aber blieben auf dem Platze und spazierten
auf und nieder. Ich wußte vor Angst nicht, was ich machen sollte,
und holte die Papiere aus der Tasche; das war das Memorial, zwei
Testimonia und ein gedruckter Thüringischer Paß. Das sahen die
Offiziere, kamen gerade auf mich zu und fragten, was ich da für Briefe
hätte. Ich communicirte sie willig und gern, und da sie solche gelesen
hatten, so sagten sie: ›Wir wollen Ihm einen guten Rat geben. Der
König ist heute extragnädig und ganz allein in den Garten gegangen.
Gehe Er ihm auf dem Fuß nach! Er wird glücklich sein. –‹ Das wollte
ich nicht thun, die Ehrfurcht war zu groß. Da griffen sie zu. Einer
nahm mich beim rechten, der andere beim linken Arm, fort, fort in
den Garten! Als wir nun dahin kamen, so suchten sie den König auf.
Er war bei einem Gewächse mit den Gärtnern, bückte sich und hatte
uns den Rücken zugewandt. Hier mußte ich stehen bleiben, und die
Offiziere fingen an in der Stille zu commandiren: ›Den Hut unter
den linken Arm!‹ ›Den rechten Fuß vor!‹ ›Die Brust heraus!‹ ›Den
Kopf in die Höh!‹ ›Die Briefe aus der Tasche!‹ ›Mit der rechten Hand
hoch gehalten!‹ ›So steht!‹ Sie gingen fort und sahen sich immer um,
ob ich auch noch so würde stehen bleiben. Ich merkte wohl, daß sie
beliebten ihren Spaß mit mir zu treiben, stand aber wie eine Mauer,
voller Furcht. Die Offiziere waren kaum aus dem Garten hinaus, so
richtete sich der König auf und sah die Maschine in ungewöhnlicher
Positur dastehen. Er that einen Blick auf mich, es war, als wenn mich
die Sonne durchstrahlte, schickte einen Gärtner, die Briefe abzuholen,
und als er solche in die Hände bekam, ging er einen anderen Gang.
Ich sah ihn nicht mehr. Kurz darauf kam er wieder zurück zu dem
Gewächs, hatte die Papiere in der linken Hand aufgeschlagen und
winkte damit, näher zu kommen. Ich hatte das Herz und ging auf ihn
zu. O, wie aller huldreichst redete mich der große Monarch an: ›Lieber
Thüringer, Er hat zu Berlin durch fleißiges Informiren der Kinder
das Brot gesucht, so haben sie Ihm beim Visitiren Seiner Sachen auf
dem Packhofe Sein mitgebrachtes Thüringer Brot weggenommen.

Wahr ist es, die Batzen sollen mehr in meinem Lande nichts gelten, aber sie hätten auf dem Packhofe sagen sollen: Ihr seid ein Fremder und wisset das Verbot nicht. Wohlan, wir wollen den Beutel mit den Batzen versiegeln; gebt solchen wieder zurück nach Thüringen und lasset Euch andere Sorten schicken, aber nicht wegnehmen. Gebe Er sich zufrieden, Er soll sein Geld *cum Interesse* zurück erhalten. Aber, lieber Mann, Berlin ist schon ein heißes Pflaster, sie verschenken da nichts; Er ist ein fremder Mann, ehe Er bekannt wird und Information bekommt, so ist das bisschen Geld verzehrt, was dann?‹ – Ich verstand die Sprache recht gut, die Ehrfurcht aber war zu groß, daß ich hätte sagen sollen: Ew. Majestät haben die allerhöchste Gnade und versorgen mich. – Weil ich aber so einfältig war, um nichts bat, so wollte er mir auch nichts anbieten. Und so ging er denn von mir weg, war aber kaum sechs bis acht Schritte gegangen, so sah er sich um und gab ein Zeichen, daß ich mit ihm gehen sollte … – ›Nun muß ich fort‹, sagte der König, ›sie warten auf die Suppe.‹ Da wir aus dem Garten kamen, waren die Offiziere noch gegenwärtig und auf dem Schloßplatz, die gingen mit dem König ins Schloß hinein, und keiner wieder zurück kam. Ich blieb auf dem Schloßplatz stehen, hatte in 27 Stunden nichts genossen, nicht einen Dreier in bonis zu Brot und war in einer vehementen Hitze vier Meilen im Sande gewatet. Da war's keine Kunst, das Lachen zu verbeißen. In dieser Bangigkeit meines Herzens kam ein Kammerhusar aus dem Schlosse und fragte: ›Wo ist der Mann, der mit meinem Könige in dem Garten gewesen?‹ Ich antwortete: ›Hier!‹ Dieser führte mich ins Schloß …«

Hier wurde Linsenbarth königlich bewirtet. Er berichtet weiter: »… Den Augenblick trat ein Secretarius herein und brachte ein verschlossenes Rescript an den Packhof in Berlin nebst meinen Testimoniis und dem Passe zurück; zählte auf den Tisch fünf Schwanzducaten und einen Friedrichsd'or: Das schicke mir der König, daß ich wieder zurück nach Berlin kommen könnte. Hatte mich nun der Husar ins Schloß hineingeführt, so brachte mich der Secretarius wieder bis vor das Schloß hinaus. Und da hielt ein Königlicher Proviantwagen mit sechs Pferden bespannt, zu dem brachte er mich hin und sagte: ›Ihr

Leute, der König hat befohlen, Ihr sollt diesen Fremden mit nach Berlin, aber auch kein Trinkgeld von ihm nehmen.‹ Ich ließ mich durch den Secretarium noch einmal unterthänigst bedanken für alle Königliche Gnade, setzte mich auf und fuhr davon. Als wir nun nach Berlin kamen, ging ich sogleich auf den Packhof, gerade in die Expeditionsstube, und überreichte das Königliche Rescript. Der Oberste erbrach es; beim Lesen desselben entfärbte er sich, bald bleich, bald rot, schwieg still und gab es dem Zweiten. Dieser setzte eine Brille auf, las es, schwieg still und gab es weiter. Der Letzte regte sich endlich: ich sollte näher kommen und eine Quittung schreiben: ›daß ich für meine 400 Thaler ganzer Batzen so viel an Brandenburger Münzsorten ohne den mindesten Abzug baar erhalten.‹ Meine Summe wurde mir sogleich richtig zugezählt. Darauf wurde der Schaffner gerufen mit der Ordre: Er solle mit mir auf die Jüdenstraße in den weißen Schwan gehen und bezahlen, was ich schuldig wäre und verzehrt hätte. Dazu gaben sie ihm 24 Thaler, und wenn das nicht zureichte, sollte er kommen und mehr Geld holen. Das war es, daß der König sagte: Er soll seine Gelder *cum Interesse* wieder bekommen, daß der Packhof meine Schulden bezahlen mußte. Es waren aber nur 10 Thaler 4 Gr. 6 Pf., die ich in acht Wochen verzehrt hatte. Und so hatte denn die betrübte Historie ihr erwünschtes Ende. …«

Auf Veranlassung des Apothekers Rose hat Linsenbarth in dessen Haus, Berlin, Spandauer Str. 77, im Alter von 85 Jahren die Erzählung seines Lebens aufgeschrieben. Er starb 3 Jahre später am 22. August 1777, 88 Jahre alt, am Schlagfluss. Der Nachfolger des Apothekers Rose, Apotheker Klaproth, der berühmte Chemiker, fand in einem Winkel des genannten Hauses Linsenbarths handschriftliche Aufzeichnungen. Martin Heinrich Klaproth (geboren 1.12.1743, gestorben 1.1.1817), Apotheker, Professor der Chemie (entdeckte mehrere chemische Elemente, darunter 1789 das Uran), ist es zu verdanken, dass uns die Erzählung bekannt wurde. Er übergab eine Abschrift der Erzählung dem Oberkonsistorialrat Zöllner, der sie in seinem »Lesebuch für alle Stände« abdrucken ließ (Berlin 1783). Die handschriftlichen Aufzeichnungen Linsenbarths übergab

Klaproth einem Gelehrten in Breslau, nach dessen Tod gelangten sie nach Wien. Dort wurde die Erzählung im Januar 1819 in einer Zeitschrift veröffentlicht. Diese Veröffentlichung diente der Spenerschen Zeitung in Berlin als Grundlage für einen Abdruck der Erzählung im August 1819. Die Erzählung des Kandidaten Linsenbarth findet sich auch in den Biografien über Friedrich den Großen: Carlyle, Thomas: Geschichte Friedrichs II. von Preußen genannt Friedrich der Große, Kugler/Menzel: Geschichte Friedrichs des Großen (geschrieben von Franz Kugler, gezeichnet von Adolf v. Menzel), Venohr, Wolfgang: Fridericus Rex. Die Erzählung Linsenbarths dient als Nachweis für den »gerechten König«.

Quellen:

Karl Heinrich Siegfried Rödenbeck (Hg.): Beiträge zur Bereicherung und Erläuterung der Lebensbeschreibungen Friedrich Wilhelms I. und Friedrichs des Großen, Könige von Preußen, nebst einem Anhang enthaltend ein Tagebuch aus Friedrichs des Großen Regentenleben von 1740 bis 1786, mit historischen, charakteristischen usw. Notizen, Berichtigungen usw. Verlag Plahnsche Buchhandlung (L. Nitze), 1836

Petsch, Wilhelm: Schulmeister Linsenbarth. In: Zeitschrift »Mitteilungen des Vereins für Geschichte«, Potsdam Lfg. 13 Jahr 1870, S. 27–34

Wir bleiben in der Zeit Friedrichs des Großen und erfahren etwas über den Kaffeeschmuggel in dieser Zeit und die »Kaffeeschnüffler«, die damals eingesetzt worden sind. Ich zitiere aus:

Susanne Keunecke, Von Schmugglern und Kaffeeriechern – die Anfänge des Kaffees in Berlin

in: Peter Lummel (Hg.), Kaffee – vom Schmuggelgut zum Lifestyle – Klassiker

…

Der im 18. Jahrhundert stark zunehmende Kaffeekonsum widersprach der merkantilen Wirtschaftspolitik, die darauf aus war, Luxuskonsumgüter möglichst nicht zu importieren und so das Geld im eigenen Land zu halten. Statt Kaffee sollte das Volk – so die friderizianische Wirtschaftspolitik – lieber wieder Biersuppe zu sich nehmen und die angegriffene inländische (Bier-) Wirtschaft fördern. [31]) Unter Friedrich II. kam es zu einer regelrechten Bekämpfung des Kaffeekonsums, so dass 1769 die Steuerbelastung etwa 150% des Produktpreises ausmachte. [32]) Folge dieser enormen Besteuerung war ein ausgedehnter Schmuggel nach Berlin – Berlin war damals von einer Stadtmauer umgeben, an deren Toren die Akzise (Verbrauchsteuer) erhoben wurde – und nach ganz Preußen. In einer Akte von 1744 werden die Praktiken der Schmuggler dargelegt, gegen deren List man machtlos schien. Die Schmuggler versteckten die teuren Kaffeebohnen, indem sie diese *theils in Sand-Fuhren, Kohlen-Säcken,*

Stroh-Schiffen, unter den Ruppinschen Bier-Tonnen verpacket, theils auch von denen Weibern unter den Röcken herein practiciret, auch zuweilen über die Palisaden geworffen worden ... [33])

Trotz staatlicher Kontrollen trank man überwiegend geschmuggelten Kaffee. ... Als Gegenmaßnahme gründete Friedrich II. 1766 eine neue, von französischen Steuerexperten unter Gewinnbeteiligung geleitete Steuerbehörde, die *Administration générale des Accises et Péages*. Deren *Regisseuren* war das gesamte Zoll- und Akzisewesen des Landes untergeordnet. Dieser sogenannten französischen Regie oblag auch die Eintreibung der Kaffeezölle und -akzise (Kaffeeregie). Sie war aufgrund ihrer rüden Methoden beim Volk verhasst. [35])

Da dem Schmuggel nur schwerlich Einhalt zu gebieten war, und die Steuerung des Kaffeekonsums durch Luxusbesteuerung sich als wenig effektiv erwies, wurde am 24. Januar 1781 in Preußen ein Staatsmonopol auf das Kaffeerösten eingeführt [36]) und der Handel durch die Vergabe von Konzessionen beschränkt. Nun durfte Röstkaffee nur noch in königlichen *Entrepots* (frz. Zolllager) und bei konzessionierten Lebensmittelhändlern in Blechbüchsen, die 24 Lot Kaffee enthielten und einen Taler kosteten, verkauft werden. Das private Rösten war bei strenger Strafe verboten. Geröstet wurde ausschließlich in der Staatlichen Rösterei, die sich in der Neuen Kommandantenstraße befand. [37]) Nur wenige Privilegierte, ..., erhielten eine Ausnahmegenehmigung und durften auch ungeröstete Kaffeebohnen kaufen. Ihnen wurde gegen Gebühr ein Brennschein ausgestellt, der privates Kaffeerösten erlaubte. Zur Kontrolle wurden in ganz Preußen 200, später 400 Invaliden angestellt, die so genannten Kaffeeriecher. Diese fahndeten in den Straßen nach dem Duft frisch gerösteten Kaffees, durchsuchten Häuser und waren beim Volk ebenso verhasst wie die königliche Kaffeepolitik. ...

31) Vgl. Acta Borussica, Denkmäler der Preußischen Staatsverwaltung im 18. Jahrhundert. Die Handels-, Zoll- und Akzisepolitik Preußens 1740 – 1766, bearbeitet von H. Rachel, Bd. 3 Teil I, Berlin 1918, S. 746 - 747

32) H, Rachel, Das Berliner Wirtschaftsleben im Zeitalter des Frühkapitalismus, Berlin 1931, S. 217

33) GStA PK II HA Abtlg. Kurmark, Akte ohne Blattzählung. Bericht vom 22.1.1744
…

35) Vgl. A. Streckfuß, 500 Jahre Berliner Geschichte . Berlin 1900, S. 408 – 412

36) Siehe GStA PK II HA Abtlg. 14 Kurmark.Materien A – H. Sektion a) Generalia Tit. CCXIV Nr. 34 Akta betr. das emanirte Edict. wegen des Verkaufs des gebrannten Caffé. 1781

37) Rachel, Wirtschaftsleben... (wie Anm. 32). S. 218

Zollkontrolle am Potsdamer Tor im Jahre 1792

Aus:

Herta Zerna: Ein Kleid für die Göttin. Eine Berliner Liebesgeschichte

Der Septembermorgen war schön und klar, aber kalt. Die Sonne war erst vor einer guten Stunde aufgegangen. Die Menschen in der Potsdamer Postkutsche saßen dicht bei dicht.

Riekchen Jury, rechts eine Dickmadame und links einen knochigen, aber großen Mann, reckte sich ein wenig. Man konnte nicht die ganze Zeit über so sitzen, auch wenn es warm hielt. Man musste sich beizeiten Luft schaffen.

Der Wagen rollte die Leipziger Straße entlang, dann passierten sie schon das Tor. Der Schreiber vor der Zollstube grüßte. Er grüßte den Postillion, denn für die Reisenden interessierte er sich bei der Ausfahrt nicht.

Trotzdem wandte sich das Gespräch sofort dem leidigen Thema zu. Alle guten Sachen, die nach Berlin hereinkamen, kosteten Akzise, das heißt Stadtzoll; Apfelsinen und Zitronen einen ganzen Pfennig das Stück und das Pfund Kaffee, egal ob zu acht oder fünfzehn Groschen, volle vier Groschen!

»Ich versteh es ja«, sagte die ältere, dürre Frau in der rechten äußeren Ecke gegenüber Riekchen. »Der König braucht Geld. Für die Nachtwächter zum Beispiel, die uns bewachen. Oder für den ewigen Straßenbau. Wenigstens meint das mein Mann, und er arbeitet in der Hausvogtei, er muss es wissen. Aber ich meine, die Menschen würden viel mehr Kaffee trinken, wenn der Zoll niedriger wäre, und dann käme es wieder ein, oder gar noch viel mehr – habe ich recht?«

Riekchen sah mit Herzklopfen durchs Fenster auf die vorüberfliegenden Gegenstände. Sie waren jetzt auf der Potsdamer Allee, neben der Allee standen Landhäuser und Wirtschaften. Ob sich die Wirtschaften hier befanden, weil es hier draußen keinen Stadtzoll kostete?

»Bei Räucherlachs aus Russland will ich nichts sagen«, meinte die Dickmadame neben Riekchen. »Wer von uns isst schon Räucherlachs? Ich jedenfalls nicht. Aber Spickgans aus Pommern, ich bitte Sie! Den Stadtschreiber will ich sehen, der mir die Gans wegnimmt, die ich als Geschenk von meiner Tochter mit nach Hause bringen werde.«

Sie wollte nicht nach Pommern, sondern nach Nowawes, wo ihre Tochter in die Wochen kam und Hilfe brauchte, was sie nicht gehindert hatte, eine Schar Gänse aufzuziehen, jung und tüchtig, wie sie war. Triumphierend sah Dickmadame sich um.

Geschenke waren erlaubt. Man musste die Schnüffler am Tor nur überzeugen können.

Wenn ich Zitronen aus Potsdam mitbrächte, würden sie mir nicht glauben, dass ich sie bei Tante Sophie im Garten geerntet habe, dachte Riekchen. Aber warum sollte ich das auch tun? Zitronen sind in Potsdam so teuer wie in Berlin, sie wachsen ja in Italien und nicht an der Havel. Ich werde Pflaumenmus mitbringen.

Der knochige Mann kicherte und nahm seinen rechten spitzen Ellenbogen von Riekchens Hüfte. Er stützte ihn zur Abwechslung in seine linke Hand.

»Da ist neulich eine Frau aus unserem Haus mit ihrem Mädchen vors Potsdamer Tor gegangen, um bei einem Bauern vor der Stadt, der geschlachtet hatte, eine Kalbskeule zu holen. Sie haben den Braten dort vorsichtshalber geteilt, das Mädchen ging mit dem halben Stück voraus.

Der Mann setzte seinen Ellenbogen zurück und schwieg. Der Tatbestand war so weit klar: Ein Braten in der Stadt war teurer, weil das Schlachten in der Stadt Stadtsteuer kostete. Ein halber Braten aber war leichter zu verstecken als ein ganzer, man machte wohl auch nicht so viel Aufhebens davon.

»Und?«, fragte die Dickmadame über Rieke hinweg.

Der knochige Mann schüttelte den Kopf.

»Sie fanden den halben Braten und rochen den ganzen. ›Warten Sie mal hier ein bisschen, Mamsellchen‹, haben sie zu dem Mädchen gesagt. ›Wir haben so eine Ahnung, dass die andere Hälfte bald nachkommen wird.‹ Und so war es ja dann auch. Als die Madame eintraf, war ihr Mädchen noch da. Die dumme Liese. Man brauchte die Hälften nur zusammenzusetzen.«

Niemand lachte. Man war an sich gerne schadenfroh, aber die Zöllner am Potsdamer Tor liebte man nun einmal nicht. Erst die eine Hälfte schnappen und dann auch die andere haben wollen – das sah ihnen ähnlich!

Sie hatten die Schafgrabenbrücke passiert, die Pferde waren nur einen Moment im Schritt gegangen. Die Morgensonne stand höher und schien links zum Fenster herein, dem jungen Mann Riekchen gegenüber ins Gesicht. Nicht die dicke Madame, sondern die dürre holte als Erste ihren Esskorb hervor. Darauf fingen natürlich auch die anderen zu frühstücken an. Der Wind kam von links wie die Sonne. Der knochige Mann neben Riekchen hatte Brot mit Leberwurst. Der Botanische Garten tauchte auf und rollte vorüber. Bald mussten sie in Schöneberg sein, es ging schon kräftig bergauf.

Ein Mann mit Reisemütze, der aussah, als ob er weiter wollte als bis Schöneberg, Zehlendorf oder Potsdam, hatte bis jetzt seine Pfeife zum Fenster hinaus geschmaucht, als gehöre er nicht recht dazu.

»Da weiß ich auch eine Geschichte«, sagte er nun. »Wie finden Sie die: An der Grenze von Böhmen nach Sachsen zu, besitzt der Joseperl ein Haus, seine Wohnzimmerwand stößt genau an den sächsischen Grenzstrich. Der Joseperl kauft sich billigen Knaster in Sachsen, füllt ihn in seinen Pfeifenkopf und steckt das eigene Haupt mit dem langen Pfeifenrohr zum Fenster hinaus. Das sieht der Zoll und eilt herbei. Joseperl soll Steuer zahlen für den Tobak, den er aus Sachsen nach

Böhmen eingeführt hat. ›Nein‹, sagt Joseperl. ›Ich zahle nicht. Ich rauche das Zeug ja in Sachsen und nicht in Böhmen.‹«

Der Mann mit Reisemütze und Pfeife sah sich beifallheischend um. Rieke dachte an ihre Schwester Lotte, die den Haushalt führte und so gerne Kaffee trank. Konnte man vielleicht auch eine Tasse Kaffee zum Fenster hinaushalten, um Akzise zu sparen?

Ja, halten schon, aber wie trinken?

Vielleicht durch einen Strohhalm? Aber durch einen Strohhalm schmeckte es vielleicht nicht, und dann lag das Juryhaus auch nicht an der neuen Stadtmauer, sondern an der alten, eingefallenen im Bullenwinkel auf dem Friedrichswerder.

»Und? Wie ist die Sache ausgegangen?«

Es war die dürre Frau, die fragte.

»Der Prozess um den Knasterzoll läuft noch«, antwortete der Mützenmann.

Darauf lehnten sich die Reisenden enttäuscht zurück, Riekchen spürte die Hüfte von Dickmadame statt des Busens. Es hatte sich also um einen Witz gehandelt und nicht um eine wahre Geschichte. Um einen schlechten Witz obendrein. Er hatte keine Lösung. …

Abdruckgenehmigung freundlicherweise vom Rechte-Inhaber erteilt.

Reise nach Berlin 1826

Aus:

Franz Grillparzer: Tagebuch auf der Reise nach Deutschland
(21. August bis Anfang Oktober 1826)

…

Es ist 4 Uhr, um 7 Uhr geht's nach Berlin. Weiß Gott, ich möchte lieber umkehren.

Wir fuhren die ganze Nacht. Nachdem ich drei Nächte schlaflos gewesen, schlummerte ich nun aus äußerster Ermattung fast die ganze Nacht durch im Wagen. Ich befinde mich äußerst unwohl, und unter diesen Umständen, mit einer starken Diarrhöe behaftet, eine Reise von 23 Meilen im Eilwagen zu machen, der nirgends anhält, ist wohl ein wenig gewagt. Aber mich drängt es weiter. In Berlin kann ich ausruhn. Mein Übel wird während der Reise vor der Unmöglichkeit Respekt haben.

Preußische Grenze. Visitiert. Anständig behandelt. …

Veröffentlicht bei: Verlag »Das Bergland Buch« Salzburg/Stuttgart

Zollkontrolle am Potsdamer Tor

Aus:

Tiergarten – Ein Bezirk im Wandel der Zeiten
von Manfred Will, Ludwig Schnapauff, Fritz Paulus

Abgedruckt in den *Heimatheften Berlin* 1961, S. 94–96

…

Die Gegend um die Lützowstraße ist schon lange Zeit ein dicht besiedeltes Wohn- und Geschäftsviertel. Einst lag dieses Gebiet noch vor den Toren der Stadt. »Potsdamer Vorstadt« wurde es damals genannt, bis es 1861 nach Berlin eingemeindet wurde. Wie es zu jener Zeit hier aussah, erfahren wir, wenn wir Herrn Schneidermeister Ehrlich auf seinem Sonntagsausflug begleiten.

Vor dem Potsdamer Tor

Schneidermeister Ehrlich aus Berlin macht heute mit seiner Frau und mit seinen vier Kindern einen Sonntagsausflug. Nach Schöneberg führt der Weg. Bauer Grunow, ihr Milchhändler, der in Schöneberg ein Bauerngut bewirtschaftet, hat sie eingeladen. Seit vielen Jahren liefert Herr Grunow schon Milch in die Stadt. Auch Frau Ehrlich ist eine gute Kundin bei ihm. Täglich kauft sie drei oder vier Liter Milch. Im Frühjahr hat sich Herr Grunow einen neuen Sonntagsrock von Meister Ehrlich nähen lassen. Dabei hat er die Kinder des

Schneidermeisters kennengelernt. Sie waren so freundlich und höflich zu ihm. Das gefiel dem Bauern. Daher hat er die ganze Familie für einen schönen Sommersonntag zu sich eingeladen. Die Kinder haben sich natürlich sehr darüber gefreut. Sehnsüchtig haben sie darauf gewartet, dass auf den Feldern vor der Stadt das Getreide gemäht und eingefahren wurde. »Denn während der Ernte haben wir Bauern auch sonntags oft keine Zeit«, hatte Herr Grunow gesagt.

Nun aber war es endlich so weit. Schon sehr früh ist die Familie aufgestanden und hat alle Hausarbeiten flink erledigt. Die Jungen mussten die Schuhe für die ganze Familie putzen, während die beiden Mädchen ihrer Mutter noch in der Küche halfen. Nun wandern sie alle sechs frohen Mutes die Leipziger Straße entlang zum Potsdamer Tor. Rechts und links der Straße stehen noch die beiden Häuschen, in denen sich die Torwache aufhielt. Dahinter beginnt nach beiden Seiten die Stadtmauer. Vater Ehrlich erklärt seinen Kindern gern alles, was es unterwegs zu sehen gibt. »Wisst ihr«, beginnt er zu erzählen, »als ich junger Lehrling war, hatte mich mein Meister einmal mit ein Paar Hosen für den Dorfschulzen nach Schöneberg geschickt. Ich sollte die Hosen dort abliefern und das Geld gleich mitbringen. Der Dorfschulze gab mir obendrein noch eine ganze Wurst, die sollte ich meiner Meisterin bringen. Gegen Abend langte ich hier vor der Stadtmauer an. Die Schildwache, die damals noch hier stand, wollte gerade das Tor schließen. Zufällig kam noch ein Heuwagen auf der Landstraße heran. Der Kutscher hielt vor dem Schlagbaum. Da dachte ich bei mir: Du musst zusehen, wie der hochbeladene Wagen durch das schmale Tor kommen mag. Mochte die Meisterin noch ein wenig auf die Wurst warten.

Der Zolleinnehmer kam aus dem Wachthäuschen und trat auf den Wagen zu. »Was zu verzollen?«, fragte er mürrisch. »Nicht dass ich wüsste«, brummte der Kutscher zurück. Gerade wollte der Zöllner den Schlagbaum öffnen, als er hinten vom Wagen herab zwei Beine baumeln sah. Schnell sprang er hinzu, packte die Beine und zog aus dem Heu einen jungen Burschen heraus. Es schien ein Handwerksbursche zu sein, nicht älter als ich. »Da haben wir ja ein nettes Früchtchen erwischt«, schrie der Zöllner. »Schildwache! Nehmt den Mann fest! Den Kutscher auch gleich mitgenommen! Wollte Menschen schmuggeln.«

Der Kutscher schwor Stein und Bein, er habe mit dem Burschen nichts zu schaffen. Der müsse unterwegs unbemerkt auf seinen Wagen geklettert sein. Aber erst, als auch der Handwerksbursche zugab, heimlich aufgestiegen zu sein, beruhigte sich der Zöllner wieder. Der Wagen durfte weiterfahren, nachdem ein Wachsoldat noch ein paar Mal mit einem langen Spieß in das Heu gestochen hatte. Der Handwerksbursche aber sollte die ganze Nacht auf der Wache zubringen.

Ja, ja, damals wurde hier noch scharf kontrolliert, wer aus- und einging. Heute spaziert man so hindurch, und keiner weiß recht, welchen Zweck das Tor und die Mauer eigentlich noch erfüllen sollen.

...

Kulturbuch-Verlag Berlin

Abdruck mit freundlicher Genehmigung der Kulturbuch-Verlag GmbH, Berlin

II. Die geteilte Stadt – »Die Mauer« als sichtbares Zeichen der Teilung

Einführung

Der Zweite Weltkrieg hat in Berlin eine Trümmerlandschaft hinterlassen.

Die Oberkommandierenden der vier Siegermächte, Eisenhower (USA), Montgomery (Großbritannien), Lattre de Tassigny (Frankreich) und Schukow (UdSSR), unterzeichnen am 5. Juni 1945 die »Viermächteerklärung von Berlin«. In ihr teilten die Sieger Berlin zunächst in drei Sektoren auf, den sowjetischen, den amerikanischen und den britischen. Am 12. August 1945 besetzten die Franzosen, den ihnen zugewiesenen Sektor.

Trotz der Sektorenaufteilung wurde Berlin weiter von einer gemeinsamen alliierten Kommandantur verwaltet.

Währungsreform:

Es wurde am 20. Juni 1948 in den drei westlichen Besatzungszonen die Deutsche Mark, am 23. Juni 1948 in der Sowjetischen Besatzungszone (SBZ) die Deutsche Mark der Deutschen Notenbank eingeführt.

Blockade: 24. Juni 1948 bis 12. Mai 1949

Im Juni 1948 wurden von sowjetischer Seite aus sämtliche Land- (Straßen- und Schienenverbindungen) und Wasserstraßenverbindungen zwischen den westalliierten Besatzungszonen und Westberlin für den Fahrzeugverkehr unterbrochen.

Ziel der Sowjets: Wieder die wirtschaftliche Kontrolle über das gesamte Berlin zu erlangen. Offen blieben der Luftverkehr in die Westzonen und der Personenverkehr zwischen den Berliner Westzonen und der SBZ.

Am 12. Mai 1949 wurde die Blockade durch die Sowjets aufgehoben, Berlin war auch wieder auf dem Landwege erreichbar.

Luftbrücke: 26. Juni 1948 bis September 1949

Als Antwort auf die Blockade richteten die Vereinigten Staaten die »Luftbrücke« ein, über die Nahrung, Heizstoffe und andere Versorgungsgüter nach Berlin eingeflogen wurden.

Am 23. Mai 1949 wird das Grundgesetz für die Bundesrepublik Deutschland verkündet. Es tritt am 24. Mai in Kraft. Für Berlin bleibt der alliierte Sonderstatus (bis zur Wiedervereinigung am 3. Oktober 1990) erhalten.

Am 7. Oktober 1949 wird in Ostberlin die Deutsche Demokratische Republik (DDR) proklamiert. Ostberlin wird »Hauptstadt der DDR«.

»Berlin [wurde] die Stadt, in der es alles zweimal gibt, zwei Bürgermeister, zwei Währungen, zwei politische Wahrheiten. ...« *(Der Spiegel 1987, 2, S. 55).*

Ich nenne ergänzend: zwei deutsche Zollverwaltungen (s.u.).

Vom 13. August 1961 bis 9. November 1989 zog sich eine Mauer als Grenzsperre durch Berlin, ein Grenzbefestigungssystem der Deutschen Demokratischen Republik, das Ost- und Westberlin trennte und die Fluchtbewegung aus der DDR stoppen sollte. »Die Mauer« war ein sichtbares Zeichen der Teilung der Stadt. Sie trennte aber nicht nur West- und Ostberlin, sondern umschloss auch den gesamten Westteil Berlins und unterbrach damit auch jegliche Verbindung der Stadt zur DDR. Es gab Grenzübergangsstellen an der »Berliner Mauer«. Hier kontrollierten Grenzorgane und Zollbeamte der DDR bei der Ein- und Ausreise äußerst scharf. In Westberlin waren Beamte der Bundeszollverwaltung im Einsatz (Posten an den Grenzübergangsstellen: in der Regel keine Kontrollen im Personenverkehr, der gesamte Güterverkehr unterlag dagegen der Zollabfertigung).

Mit dem Passierscheinabkommen vom 17. Dezember 1963 gelingt es erstmals die Mauer durchlässiger zu machen: Westberliner können über Weihnachten 1963 wieder ihre Verwandten im Ostteil der Stadt besuchen. Damit waren Ost- und Westberliner 28 Monate lang ohne persönlichen Kontakt. Bis 1966 folgen drei weitere Passierscheinabkommen. Das »Viermächteabkommen über Berlin« trat am 3. Juni 1972 in Kraft: Jetzt konnten Westberliner wieder ohne Passierschein nach Ostberlin fahren.

Mauerfall:

Am Abend des 9. November 1989 teilte der Journalist Hanns Joachim Friedrichs in den ARD-Tagesthemen u.a. mit: »... Dieser 9. November ist ein historischer Tag: Die DDR hat mitgeteilt, dass ihre Grenzen ab sofort für jedermann geöffnet sind. Die Tore in der Mauer stehen weit offen.«

Faktisch war in der Nacht vom 9. auf den 10. November 1989 »die Mauer« gefallen: Der Weg war frei für die Vereinigung Berlins und den Beitritt der DDR zur Bundesrepublik.

Quellen:

Bernd Stöver: Geschichte Berlins, Verlag C.H. Beck oHG, München 2010

Wikipedia-Artikel:
Berliner Mauer
(de.wikipedia.org/wiki/Berliner_Mauer)

Berliner Grenzübergänge
(de.wikipedia.org/wiki/Berliner_Grenzübergänge)
zuletzt aufgerufen am 14. November 2014

Passierscheinabkommen
(de.wikipedia.org/wiki/Passierscheinabkommen)
zuletzt aufgerufen am 26. Oktober 2014

1945: Reportagen aus dem besiegten Deutschland

Aus:
John Dos Passos: Das Land des Fragebogens

Der Rückzug aus Europa

...
    In meinem Bett im rüttelnden Zug nach Frankfurt wanderten meine Gedanken zurück nach Berlin, von dem wir uns Gott sei Dank gemächlich zockelnd entfernten, und ich lauschte dem Hämmern der eisernen Räder des klapprigen Mitropa-Schlafwagens. Das Ausmaß der Zerstörung in der Stadt war so immens, dass es die schreckliche Großartigkeit eines Naturphänomens annahm wie der Grand Canyon oder die Große Salzwüste ... Man fuhr hinein, an den Trümmern der Universität vorüber und den Schutthaufen, die einst die Friedrichstraße gewesen waren, und den brachen Stellen, wo ein Stückchen Fassade des »Adlon« noch stand. Das Brandenburger Tor war seltsamerweise nicht zerstört. Sah man hindurch, fiel der Blick auf eine Wüstenlandschaft, in der noch ein paar Baumstümpfe und Denkmäler hochragten – das war der Tiergarten gewesen. Am anderen Ende des Tiergartens konnte man in Gruppen beisammenstehende Menschenmengen sehen, die mit Bündeln unter dem Arm sich, stets auf dem Sprung, auf einem riesigen Areal bewegten, das aussah wie eine amerikanische Müllhalde. Das war der Schwarzmarkt ...

Aus:

Überleben in der Viersektorenstadt (1945–1948)
In: Conradt/Heckmann-Janz: Berlin halb und halb

Von Frontstädtern, Grenzgängern und Mauerspechten.
Berichte und Bilder

...

Norbert Burkert, bei Kriegsende neun Jahre alt, berichtet:

»Meine Großmutter, eine Schlächtersfrau aus Oberschlesien, leistete sich ein absolutes Meisterstück. Sie besaß einen Garten in Heinersdorf – heute Ostberlin – und das Obst, das sie dort erntete, war ihr Kapital. Mit diesem Obst gelang es ihr, an Holz zu kommen, über das Holz kam sie an Stoff und über Stoff an ein Schwein. Dieses Schwein war nun aber in Oebisfelde – heute liegt es in der DDR, direkt an der Grenze zur Bundesrepublik. Wie kommt man nun – bei all den Polizeikontrollen und Schwarzschlachten war ja streng verboten – an ein Schwein, das in Oebisfelde ist? Meine Großmutter schaffte es. Ein Stück des Schweines ging an den Pfarrer von Oebisfelde. Der Pfarrer hat daraufhin einen Totenschein ausgestellt und meine Großmutter kam mit der geschlachteten Sau im Sarg am Bahnhof Zoo an und wurde hilfreich von der Polizei als trauernde Hinterbliebene mit dem Schwein entlassen.«

...

Veröffentlicht: Sammlung Luchterhand 992, März 1990, Frankfurt am Main

Abdruckgenehmigung freundlicherweise von den Autorinnen erteilt.

Berlin 1945–1953

Aus:

Curt Riess: Berlin Berlin 1945–1953

Kapitel: Wieder im Scheinwerferlicht

… Und dann kamen die Währungsreform und die Blockade, und das große Geschäft war abgeschnitten. Auf den ersten Blick sah es aus, als würde die Blockade auch das Letzte, was es in der Trümmerstadt an geschäftlichen Möglichkeiten noch gab, ersticken. Aber es kam anders.

Anstatt dass die Waren sich verknappten, gab es wieder alles – allerdings auf dem schwarzen Markt. In der Tat, während der Monate Juli, August, September und Oktober konnte man in Berlin kaufen: Kaviar und Eier, Aale und Kleidungsstoff, Grammophone und Autoreifen, Benzin und Dollars. Dies bewies, dass eine so große, so komplizierte Stadt wie Berlin gar nicht zu blockieren war.

Da war vor allen Dingen einmal der alte, gute, »kleine« Grenzschmuggel, der gelegentlich ein bisschen gefährlich und mit Schießereien verbunden war. Die Schmuggler konzentrierten sich jetzt darauf, für ein paar hundert Mark Gewinn pro Nacht Waren aus der Westzone in die Ostzone zu schmuggeln. Nach Überschreiten der Grenze wurden die Waren sofort nach Berlin verschickt – wegen der besseren Preise, die man dort erzielte.

Auch direkt aus der Ostzone kamen Waren nach Berlin oder, besser gesagt, ins blockierte westliche Berlin. Während des ganzen Sommers, ja, bis in den Winter hinein, konnte man täglich Hunderte von Bauern, mit schweren Rucksäcken beladen, in den Vorortzügen auf dem Wege nach Berlin antreffen. Diese im Osten ansässigen Bauern hatten es auf die Westmark abgesehen. Und die Berliner fuhren nach Potsdam, um Kohlen hereinzuschmuggeln.

Schon relativ früh begannen gewisse gewiegte Geschäftemacher die Preisdifferenz zwischen den westlichen Zonen und Berlin auszunutzen. Es gab ja die Luftbrücke. Man konnte für relativ wenig Geld bis zu hundert Kilo von und nach Berlin befördern. So kamen also auf dem Luftwege Millionen von Zigaretten nach Berlin, ganze Tonnen Schmalz, Butter, Schokolade. In Berlin wurden sie für das Doppelte, das Dreifache des Einkaufspreises verkauft.

Während der ersten Monate der Blockade kamen auch noch Lastwagen nach Berlin durch. Sie kamen meistenteils aus Bremen oder Hamburg und waren voll von Fischkonserven, Aalen und Krabben. Kaum waren sie in den westlichen Sektoren Berlins gelandet – und dies geschah zwei-, dreimal die Woche –, da ging die Nachricht wie ein Lauffeuer durch die Stadt und die blockierten Berliner eilten in ihre Läden und kauften und aßen.

Das Ganze beruhte natürlich auf einem Trick. Manche führten offiziell irgendwelche Güter für die Russen mit, etwas Schlämmkreide, unter der dann die Heringstonnen, Zucker und Mehl verborgen waren. Ganz schlaue Fahrer rüsteten die Autos mit zwei kompletten Garnituren von Begleitpapieren aus. Den britischen Beamten an der Zonengrenze in Helmstedt wurden die Papiere gezeigt, nach denen die Ladung für den englischen Sektor Berlins bestimmt war. Hundert Meter weiter, vor dem russischen Schlagbaum bekamen die Russen Papiere zu sehen, aus denen hervorging, dass die Ware für den östlichen Sektor bestimmt war.

Das Blockadebrechen war durchaus kein Monopol der Deutschen. Es gab gewisse sowjetische Offiziere, die irgendeinen Kommandanten an einer Zonengrenze gut kannten, gut genug jedenfalls, um ein Personenauto aus Berlin »herauszuschleusen«. Das kostete pro Person 250 Westmark. Papiere wurden nicht benötigt. Fragen wurden nicht gestellt.

Mitglieder von tschechischen, polnischen und bis vor kurzem auch jugoslawischen Militärmissionen brachten große Quantitäten amerikanischer Ware als sogenannte Transitware nach Berlin, verkauften sie gegen Dollars, tauschten Dollars in Westmark, und dies alles unter dem Schutz der diplomatischen Immunität.

Dann gab es schließlich noch die amerikanische Variante des Luftbrückenschmuggels. Die Piloten, die Tag für Tag und Nacht für Nacht hin und her flogen – auch von ihnen waren nicht alle abgeneigt, ein kleines Geschäft zu machen, ein bisschen Kaffee, ein paar Zigaretten, oder was sie sonst gerade an der Hand hatten, nach Berlin zu bringen.

Je schwieriger der Schmuggel, desto mehr neue Tricks wurden erfunden.

Die Nachrichtenabteilungen der Westmächte in Berlin wussten sehr wohl, dass viele Autos in Berlin herumfuhren, deren Nummernschilder, gelinde gesagt, Gebilde der Phantasie waren. Sie gehörten angeblich Bulgaren, Chinesen oder Südafrikanern. Ein paar dieser Wagen wurden angehalten und ein wenig untersucht und siehe da, es stellte sich heraus, dass sie doppelte Böden und doppelte Decken besaßen und in den Hohlräumen hohe Geldsummen in Dollar und Westmark verborgen waren.

Da die absolut notwendige Voraussetzung jeder größeren Schmuggelaktion ist, dass der Mann, der sie tätigt, sich frei bewegen kann, wurden der Interzonenpass und die Flugkarte nach dem Westen und vom Westen nach Berlin zurück die größten Schmuggelobjekte. Offiziell kostete eine solche Flugkarte hin und zurück rund 150 Westmark; der Interzonenpass kostete natürlich gar nichts, nur dass man ihn als gewöhnlicher Sterblicher nicht erhielt. Im Sommer und Herbst 1948 war der Schwarzmarktpreis für Interzonenpass und Retourbillett bereits 400 Mark. Und er stieg beständig.

Die Rechnung hatte nur ein Loch: Es gab schließlich keine Kunden mehr für Schmuggelware. Denn ein Resultat der Blockade war, dass es den Berlinern immer schlechter ging, dass niemand mehr Geld hatte. Und so entstand eine neue Art von Schmuggel. Das namenlose

Heer der Armen übte sie aus. Sie schmuggelten nur für sich selbst. Niemand ahnte, wie viel Energie damals in Berlin verbraucht wurde, wie viel Erfindungsgabe und Mut notwendig waren, den Küchenofen während des Winters in Gang zu halten. Jeder kleine Vorortzug war voll von diesen Menschen, die nur deshalb nicht verhungerten und erfroren, weil sie schmuggelten. …

Veröffentlicht: Non Stop-Bücherei GmbH Berlin-Grunewald

Aus:

Hans Pollak: Tatort Sektorengrenze. Berliner Kriminalfälle der Nachkriegszeit

Ost-Speck für West-Spekulanten

»Richtung Warschauer Straße zurückbleiben!« Mit aufbrummenden Motoren rollt der S-Bahn-Zug aus der Station Bernau. Ein ländlich-sonntäglich gekleidetes Paar mittleren Alters macht es sich im leeren Abteil bequem. »Det hätten wa erst mal jeschafft, Mutter«, freut sich der Mann und verstaut zwei prall gefüllte Markttaschen unter dem Sitz.

Die Angesprochene nestelt nervös an den Bügeln der großen Handtasche, die sie krampfhaft auf dem Schoß hält. »Quatsch bloß nich so ville, Otto, wir sind noch nich da.« Unsicher mustert sie die jungen Leute, die beim nächsten Halt das Abteil mit unbekümmertem Lärm erfüllen.

Ihre Spannung lockert sich erst, als der Zug in den Bahnhof Bornholmer Straße einfährt. Nicht auffallen. Keine Miene verziehen, hat ihr Otto eingeschärft. Schweigend zottelt sie hinter dem Mann her, der ohne Eile mit den anderen Ankömmlingen dem Ausgang zustrebt.

Niemand beachtet die offenbar für einen Besuch bei Verwandten herausgeputzten Leutchen vom Lande. Keiner hält sie an, stellt Fragen nach dem Woher und Wohin, nach dem Inhalt der Taschen.

Ungehindert gelangen beide über die große Bogenbrücke, die in früheren Zeiten Bindeglied zwischen den Bezirken Prenzlauer Berg und Wedding war. Seit dem Sommer 1945 ist sie einer von 81 Straßenübergängen zwischen Ost und West.

Am westlichen Brückenkopf angekommen, setzt Otto die Taschen aufatmend ab. »Hast umsonst jebibbert, Anna. Nu sind's bloß noch 'n paar Schritte bis zu Maxe sein Laden inne Jrüntaler.« Dort werden sie Selbstgeschlachtetes und Geräuchertes aus den Taschen hervorholen. Gegen klingende Münze in »West«.

Maxe ist ein cleverer Fleischereibesitzer, der – wie er sagt – mit der Zeit geht. Das heißt, seine Ware spottbillig einkauft, nämlich in Ostberlin und Umgebung, um sie seinen Kunden im Weddinger Kiez mit hohem eigenem Gewinn zu verkaufen.

Die beiden Kleinbauern Otto und Anna aus Brandenburg sind beileibe nicht die einzigen Lieferanten für Frischfleisch, Speckseiten und Schinken aus der »Zone«. Der Schmuggel nach Westberlin blüht, obwohl das als Wirtschaftsverbrechen hart bestraft wird.

Etwa zwei Drittel aller Strafsachen in der sowjetischen Zone werden unter dieser Rubrik registriert. In dem einschlägigen Gesetzesparagraphen heiße sie »schuldhaft begangene gesellschaftswidrige oder gesellschaftsgefährliche Handlungen«, die auf Einflüsse oder Einwirken des Klassenfeindes zurückzuführen seien. In Westberlin wird Schwarzhandel mit kleineren Mengen nicht strafrechtlich verfolgt, lediglich die Steuerfahndung ist hinter Zigaretten- und Spirituosenhändler her.

…

Nicht nur bewirtschaftete Lebensmittel wie Fleisch und Butter werden über die Sektorengrenze von Ost nach West verschoben. »Es ergeben sich ungeahnte Möglichkeiten für Tausende Schieber in Westberlin«, berichtet ein Korrespondent der in Wien erscheinenden Zeitung Volksstimme in jenen Tagen. »Wenn sich beispielsweise jemand in Westberlin D-Mark Ost kauft (das kann man in den eigens dazu eröffneten Wechselstuben), bekommt er für eine Westmark fünf Mark Ost. Für dieses Geld kann er im demokratischen Sektor zwei Paar Damenstrümpfe kaufen. Verkauft er diese im Westen wieder, bekommt er dafür, sogar wenn er sie verschleudert, etwa zwei Westmark; und wenn er diese wieder umwechselt, hat er schon zehn Mark.

Jedes Paar Strümpfe, das er in Ostberlin kauft, bringt also dem Schieber einen Gewinn von 100 Prozent! …

Begehrte Objekte dieses illegalen Interzonenhandels sind wertvolle Exportartikel wie optische Geräte, Fotoapparate, Markenporzellan, Jenaer Glas, Plauener Spitzen, Antiquitäten, kunstgewerbliche Erzeugnisse oder Musikinstrumente. Als unauffälliges Handgepäck oder raffiniert versteckt in Gefährten aller Art passiert das Schmuggelgut die innerstädtische Grenze im Strom der Hunderttausenden, die täglich die Seiten wechseln.

Allein im S-Bahnhof Friedrichstraße werden innerhalb von 24 Stunden mehr als 50.000 Grenzpassanten gezählt. Und es gibt noch zwölf weitere S- und U-Bahn-Übergänge zwischen Ost und West.

Laut damaligen Verlautbarungen des Ostberliner Amtes für Zoll und Kontrolle des Warenverkehrs kann nur »ein verschwindend kleiner Teil der grenzüberschreitenden Personen« auf Konterbande überprüft werden.« …

Kupferkabel im Kinderwagen

Sektorenübergang Bernauer Straße. Schnittpunkt der Bezirke Wedding und Mitte. Ein unaufhörliches Hin und Her von Fahrzeugen und Menschen. Es ist die Stunde des Berufsverkehrs; eines Massenandrangs, der die Kontrollposten auf der östlichen Seite überfordert.

Woran soll ich bloß einen Schieber erkennen, fragt sich einer der Uniformierten. Am prallen Rucksack? Fehlanzeige. Der junge Bursche, den er eben filzte, transportiert nur sein Tischlerwerkzeug. Die Aktentasche eines anderen Verdächtigen wurde nur durch Stullenpaket und Thermosflasche ausgebeult.

Die Kontrolleure ernten nur schadenfrohes Grinsen und anzügliche Bemerkungen vorbeihastender Augenzeugen. Da zählt das freundliche Lächeln der hübschen jungen Mutter mit dem Kinderwagen doppelt. Der Posten blickt ihr wohlgefällig nach, wie sie auf schlanken Beinen das Gefährt über den Bordstein bugsiert.

Doch plötzlich löst sich ein Rad. Der Wagen droht zu kippen. Das von der Erschütterung aus dem Schlaf gerissene Baby plärrt.

»Warten Sie, ich helfe Ihnen.« Schon ist der Grenzer an der Seite der verstört Dreinblickenden. Er will den Wagen anheben und aus dem Gedränge zur Seite ziehen. Doch das gelingt ihm nicht. Der Wagen ist ungewöhnlich schwer.

»Was haben Sie da drin?«, fragt er nun weniger freundlich und winkt einen Kollegen heran.

»Weiß ich nich. Der Wagen gehört einer Freundin. Das Kind war über Nacht bei mir. Jetzt bring ich es wieder rüber nach der Usedomer Straße«, lautet die patzige Antwort. Die Hübsche ist puterrot geworden.

»Na, dann kommen Sie mal mit.«

Die beiden Grenzer schaffen den Wagen in den Kontrollraum neben dem Übergang. Im Kinderwagen finden sie mehrere Kilogramm Blei- und Kupferkabel.

Jetzt ist es mit der Fassung der ertappten Sünderin vorbei. Sie schluchzt. »Ich hab mir nischt dabei jedacht. Das bisschen Draht …«

In der rohstoffarmen sowjetischen Zone gilt Diebstahl und Verschieben von Buntmetall als Kapitalverbrechen. In Westberlin erzielen Kupfer, Blei, Messing und alle anderen Nichteisenmetalle in dieser Zeit Spitzenpreise. Die Weltmarktpreise für Schrott und Buntmetall steigen laufend. Die Konjunktur beflügelt die Aktivität der Westberliner Schrott-Grossisten. Sie stiften ihre Handlanger im Osten zu kriminellen Unternehmungen an.

In einer damals im Ostsektor erschienenen Broschüre werden Vergehen und Folgen solcher Aktionen beschrieben: »Buntmetalldiebe reißen Regenrinnen von den Dächern oder vieladrige Kabel aus der Erde, Rohrleitungen werden bei Nacht und Nebel abgesägt. Häuser bleiben ohne Wasser, und Fabriken müssen ihre Produktion vorübergehend einstellen … Wasserhähne, Türklinken, Knie der Ausgüsse in Treppenhäusern und Waschküchen, was aus Kupfer, Blei, Zink oder

Bronze ist, aus Messing oder Zinn, wird abgeschraubt oder abgesägt, wird gestohlen und auf LKWs, in Kinderwagen, in Aktentaschen und in Sargkränzen eingeflochten nach Westberlin gebracht.«

...

Copyright-Hinweis:

Grenzübertritt am 24. Juni 1948

Aus:

Gert Fröbe: Auf ein Neues, sagte er … und dabei fiel ihm das Alte ein
Geschichten aus meinem Leben

Kapitel: ODYSSEE ZUR »BERLINER BALLADE«
An die Spree auf vielen Umwegen

…

Am 24. Juni (1948 – VB) war ich morgens um sechs auf dem Münchener Hauptbahnhof. Der Interzonenzug nach Berlin ging zwar erst um 7 Uhr 30, aber er war immer so überfüllt, dass man nicht früh genug am Bahnsteig sein konnte. Doch alle, die an diesem 24. Juni in die SBZ (Sowjetische Besatzungszone) fahren wollten, kamen ein paar entscheidende Stunden zu spät. Die Russen ließen keinen Zug mehr über die Grenze in ihre Zone und nach Berlin.

Mahlzeit! Offenbar hatte ich ein besonderes Geschick, mir für meine Reisetermine historische Ereignisse auszusuchen. Bereits 1939 war ich prompt am Tag des Kriegsausbruchs von Frankfurt nach Wien gefahren.

Diesmal war Töpen-Juchöh Endstation für den Interzonenzug, der Grenzübergang bei Hof. Wer wollte, konnte bis dahin mitfahren und versuchen, auf eigene Faust weiterzukommen, denn noch war unklar, wie lange die Russen diese Sperre aufrechterhalten wollten. Vielleicht nur ein, zwei Tage. Die Blockade Berlins dauerte fast ein Jahr. Genau bis zum 12. Mai 1949. …

Ich tat, was die meisten taten, und fuhr trotzdem nach Töpen-Juchöh. So lustig der Ortsname klang, so traurig sah es dort aus. Baracken auf dem Bahngelände, vor jeder stauten sich Menschentrauben. Gedränge, Geschrei, Anpöbeleien. Alte Soldatenweisheit: In solchen Situationen darf man sich keinesfalls nach vorn drängeln. Die Ersten werden noch streng nach Vorschrift und Paragraphen behandelt. Warten muss man, bis sich Müdigkeit und Lustlosigkeit bei den Kontrolleuren breitmacht.

In einem Lagerraum hab ich mich verkrümelt und erst mal ein paar Stunden aufs Ohr gelegt. Unfassbar, bei welchem Lärm man damals schlafen konnte. Als ich nach mehreren Stunden ins Tageslicht trat, waren die meisten abgefertigt. Sie mussten zurück. Nur eine kleine Gruppe in Trauerkleidung und mit Kränzen stand abgesondert. Weil kaum noch jemand zu überprüfen war, kümmerten sich gleich zwei Rotarmisten, ihre MPs über der Brust, um mich.

Nützlicher als die Maschinenpistolen wäre ein Dolmetscher gewesen, wir konnten uns in keiner Sprache verständigen. Aber wer weiß, vielleicht wäre einer, der alles wortwörtlich übersetzt hätte, nur ein zusätzliches Hemmnis gewesen. So stammelte ich »Artista, Filmo, Berlino« – und was der verwegenen Wortschöpfungen mehr waren. Dabei wedelte ich mit dem Schreiben der »Comedia-Film«. Das war genauso sinnlos wie die Reaktion des einen Russen, der das Schreiben nahm und hin und her drehte. Lesen konnte er es weder von oben noch von unten.

Aber man kann gar nicht so dumm denken, wie es im Leben kommen kann: Der Briefkopf des Schreibens enthielt das Firmenzeichen der »Comedia-Film«, zwei klassische griechische Masken, eine lachende mit hochgezogenen, eine weinende mit nach unten gezogenen Mundwinkeln.

Der Russe fand Gefallen an diesen Masken und versuchte, den Ausdruck nachzuahmen, indem er seine Mundwinkel ebenfalls nach oben und nach unten schob.

Ich nickte, grinste und machte das Gleiche. Da grinsten beide Russen. Nie habe ich die Kraft der Pantomime so unmittelbar gespürt wie an diesem Donnerstag, dem 24. Juni 1948, auf dem Bahnhof Töpen-Juchöh.

Plötzlich gab es keine Sprachschranken mehr. Drei wildfremde Menschen verstanden sich. Abwechselnd verzogen wir wie ein eingespieltes Komiker-Trio unsere Gesichter.

Erwachsene Männer machten Faxen wie Kinder. Drei-, viermal. Dann bekam ich den Brief zurück, der eine zeigte auf die Trauergemeinde und entschied: »Da, da, du Artista!«

Während ich auf die kleine Gruppe zuging, dachte ich mir, dass ich mit meiner Mephisto-Darbietung kaum diesen Erfolg gehabt hätte. …

Quellenvermerk:

Gert Fröbe: Auf ein Neues, sagte er …
© 1988 Albrecht Knaus Verlag, München, in der Verlagsgruppe Random House GmbH

Aus den frühen Jahren der DDR

Aus:

Erika von Hornstein: Flüchtlingsgeschichten
Kapitel: Zoll am Bahnhof Friedrichstraße

...

Ich wurde von einer Stelle zur andern geschickt. Dann kamen die vom Zoll: Sie kriegen Essen oder Essensgeld, Sie kriegen Uniform, und wenn Sie Dienstschluss haben, dann können Sie in Zivil gehen. Kommen Sie zu uns zum Zoll. Na ja, sage ich, wenn man in Zivil gehen kann und nur seine 8 Stunden Dienst hat, warum nicht? Also arbeiten muss der Mensch ja überall.

Na, dann war ich beim Zoll. Am zweiten Tag gleich Schulung, wie die Taschen nachgesehen werden bei der Kontrolle usw. Dann die ganzen Paragraphen einstudiert, jeder bekam ein paar Exemplare mit nach Hause, um zu lernen. Drei Tage dauert die ganze Ausbildung und gleich am ersten Tag nach Bahnhof Friedrichstraße.

Und nu' noch nie so im Verkehr gewesen! Die Leute haben einen gleich von oben bis unten bekiekt, neue Uniform, dunkelblaue mit grünen Spiegeln und silberner Litze. Na, denke ick, das wird ja noch gut werden. Und immer ein Alter und ein Neuer vom Zoll zusammen. Dann hat der Alte zu mir gesagt, jetzt gehste da rin in die S-Bahn, wenn die anhält. Brauchst keene Angst zu haben, die fährt nicht weiter. Ick lass die nich' eher weiterfahren, ehe du nich' wieder raus bist – die nächste Station war schon Westsektor.

Und denn nimmste zwei oder drei Mann und denn bringste sie mit raus, die Gepäck haben oder ooch ohne Gepäck, die dir eben so aussehen.

Dann hab' ick vor der Tür gestanden, ick sage, ach, jeh' du mal rin.
Nanu, sagt der, das musste schon machen.

Ick sage, nee, geh du mal erst rin, Mensch, das is' ja grässlich! Um 2 war Ablösung; sagt der, kurz vor 2 mußte noch einen rausholen, sonst meld' ick dir, dann musste woanders hin morgen.

Mann, sach ick, hier halt ick's sowieso nich' aus. Wenn welche von zu Hause kommen und sehn mir hier als Taschenschnüffler, dann bin ick ja geliefert, dann darf ick mir im Urlaub nich' mehr sehen lassen.

Und immer so hin und her geredet. Und schließlich ick denn rin in den Wagen – und durchgegangen und dann stand da einer an der Tür mit'm Koffer. Ich sage, kommen Sie bitte mit zur Kontrolle.

Ich?, sagt der. Was soll ich denn?

Ich sage, ich weeß ooch nich', komm' Sie man mit.

Mir war das selbst peinlich. Kam der dann hinterher, ich musste ihn rinführen in den Raum im Zwischenstock von Bahnhof Friedrichstraße, wo sie die Koffer aufmachen. Gesucht werden die, die nach dem Westen was verschieben wollen, hauptsächlich aber Republikflüchtige. Mit der Zeit kriegt man einen Blick dafür. Sie werden ja schließlich so abgebrüht, weil man sich ja ooch sagt, wenn du heute was bringst, hast du Vorteile.

Schließlich habe ich dem Kollegen gesagt, dann hau mal ab, ich mach das schon alleene. Ich hab dann keinen mehr aus der S-Bahn rausgeholt, die in Richtung Westen fuhr, sondern ich hab die genommen, die aus dem Westen kamen. Das hat man ja gesehen an den Netzen und an den Taschen und an der Kleidung. Was ein waschechter Berliner ist, den erkennt man ja sofort. Die Westberliner können ja im Osten doch nichts kaufen, nur Bücher und Zeitungen. Die BZ im Osten, die hat so einen ähnlichen Kopf wie die im Westen und die wurde laufend verteilt, na, und die haben die Westberliner ooch genommen. Sie haben sich gesagt, wo's umsonst gibt, da nehmen wa mit.

Jeden Morgen gab's erst mal Informationen, auf was heute besonders zu achten ist. Vor allem jetzt, wenn die Zeit so ist zum Herbst für Republikflüchtige, die mit viel Gepäck und Betten kommen. Die sofort rausholen, nicht erst lange hin und her gefackelt und uff'n Kopp zusagen, dass sie türmen wollen, und gleich 'n Ausweis abnehmen. Dann die Leute irreführen: Also wir rufen jetzt in Ihrem Heimatort an und fragen, was Sie hier in Berlin wollen. Dann kriegen die Angst und sagen, ja, wir wollen abhauen, wir können nicht mehr weiter, jetzt is' aus.

Wenn sie nun einen Republikflüchtigen schnappen, dann wird der von der Kontrollstelle im Zwischenstock nach oben in die Baracke gebracht. Da wird der Personalausweis abgenommen und dann kommen die Leute zum Hauptzollamt, das ist jetzt an der Jannowitzbrücke, und von da in die Magazinstraße bzw. zum Flüchtlingsaufnahmelager. Und dann nimmt sie die Staatssicherheit in die Arme. Da sind sie dann erst mal zwei Jahre beim Staat sicher. Da dürfen sie dann erst mal zwei Jahre brummen.

Wir hatten mal einen, der wollte sich vor die S-Bahn schmeißen. Der sagte, mein Leben ist sowieso zu Ende, ich mache jetzt Schluss. Die haben mir so lange gequält, und jetzt soll's mit'm Quälleben weitergehen? Nee, ick will meine Freiheit haben, und vor allen Dingen will ick meine Ruhe haben, wie sich das für'n anständigen Menschen gehört.

Auf'm Bahnhof Friedrichstraße kommt mal einer auf mich zu, so'n kleiner schmächtiger, und sagt, könn' Sie mir erklären, wie ick nach'm Westen komme zum Lager?

Ick sage, Mensch, det darfste mir doch nich' fragen, hau bloß ab.

Da sachta, um Gottes willen, wo fährt ein Zug nach'm Westen?

Beide Seiten, sag ich, schnell!

Sacht er, schönen Dank, hier haste noch Geld.

Ick sage, Mann, nimm bloß mit, det brauchste da.

Der ist dann mit seinen beiden Koffern ringesprungen, dann ging die Tür auch schon zu, ab …

Da sagte der Kollege vom Zoll, wat wollt' denn der?

Ich sage, der wollte nach Friedenau zu seinen Verwandten, der frug bloß, ob er hier richtig is'.

Na, sagt mein Kollege, du, der hatte zwei Koffer mit, den hättste anhalten sollen, der hatte bestimmt Gänse oder Betten drin. Ich sage, ach, sag' ick, danach sah der gar nicht aus. Der war so ehrlich.

Dann sind auch viele gekommen, die haben gefragt, ob sie was rüberbringen dürfen, von hier nach drüben oder von drüben nach hier. Dann haben wir eben Auskunft gegeben. Also bis 30 Mark können Sie sich schenken lassen, das unterteilt sich dann aber, 20 Mark für Textilien usw., und das gilt dann für beide Seiten. Die Hauptknotenpunkte wie Friedrichstraße, Schönhauser Allee, Treptow, die sind ja immer schwer besetzt. Leichter ist's auf Bahnhöfen wie Baumschulenweg, wo nur Einsatzsprünge gemacht werden. Da wird festgesetzt: morgen um 6 eine Gruppe nach Baumschulenweg. Da ist dann Pendelverkehr, da fahren sie mit bis Betriebsbahnhof Schöneweide. Dann geh'n sie'n Zug durch und kontrollieren, gucken sich'n Personalausweis an. Schlagen gar nicht nach, wo die Leute herkommen, gucken nur nach der römischen Zahl. Die römischen Zahlen bezeichnen die Bezirke. Zum Beispiel römisch zehn und fünf, das ist Berlin. Und römisch eins, halt stopp, der kommt von Rostock, was will der in Berlin? Hat er Gepäck? Wo wollen Sie hin? Kommen Sie mal mit! Und dann wird er ausgefragt, erst von einem, dann vom Zweiten, vom Dritten und jeder kriegt irgendwas raus.

Wir vom Zoll waren alles Jüngere. Dass wir nun besonderen Spaß dran hatten, kann ich nicht sagen. Für die meisten war die Hauptsache, dass sie ihr Geld bekamen. Wenn's ging, dass sie nicht selber deshalb verpfiffen wurden, dann haben sie sich oft umgedreht und mit andern unterhalten oder einfach weggekiekt, wenn sie sahen, da wollten welche abhauen.

Wenn man selbst aus der Zone is', dann weiß man ja, wie das ist. Mein Schwiegervater sein Onkel, der wollte mal hier zur Grünen Woche fahren, weil er Tauben hat und is' ooch im Züchterverein. Im Zug von Neubrandenburg: Zugkontrolle! Haben sie zu ihm gesagt, wo wollen Sie hin? Na, nach Berlin, das sehen Sie doch an meiner Fahrkarte. Und zu wem wollen Sie da? Ick hab' da Bekannte. Ach, grade jetzt haben Sie Bekannte da, wo die Grüne Woche ist, sagen die. Wieso Grüne Woche?, hat der sich angestellt. Also jetzt nehmen Sie die Fahrkarte und fahren Sie sofort wieder zurück, sagten die. Und zu Hause hat ihn dann die Kreisleitung unter die Lupe genommen.

Wenn sie einen Republikflüchtigen schnappen, dann kriegen sie einen Beförderungsaufschwung. Das ist der Anreiz. Sie sagen untereinander, wir müssen heute was schaffen. Die und die Brigade hat soundso viel geschafft gestern, 25 haben sie erwischt, und alle hatten was, da waren allein vier Republikflüchtige bei, und der Manfred hatte davon zwei Stück. Na, und dann beim Übungsschießen: Antreten! Manfred, vortreten! Wirst befördert zum Anwärter oder Hauptwachtmeister oder was weiß ich. Dann sagen die unter'nander, der hat was geschafft, der kriegt wieder 30 Mark mehr jeden Monat.

Wir waren 'ne Clique mit drei Mann und haben uns abgesprochen, also wenn sie uns nicht befördern, dann sollen sie uns den Buckel runterrutschen, wir machen unsern Dienst wie bisher.

Wir haben uns dann auch 'ne Freundin angeschafft von Westberlin. Die hat uns von da Zigaretten mitgebracht. Das war natürlich streng verboten. Aber man will doch ooch mal in den Genuss von 'ner anständigen Zigarette kommen. Die Freundin is' dann morgens uff'm Bahnhof einpassiert, schnell die Zigaretten in die Hand gedrückt, in die Tasche damit – na, dann können Sie doch ooch nich' in den nächsten fünf Minuten zu einem andern hingehen und kontrollieren, ob er im Westen was gekauft hat.

Wir drei Mann haben uns dann auch abgesprochen, also wir wollen nur abnehmen, wo wir sehen, dass einer viel Geld hat, so'n Großgrundbesitzer oder so. Zu dem konnte man sagen, Mann, das trifft ja keenen Armen nich'. Aber wenn 'ne Frau kam mit zwei, drei Tafeln Schokolade und im Personalausweis haben Sie gesehen, vier, fünf Kinder hat sie, na dann haben wir gesagt, brechen Sie die Schokolade durch, dass es Bruchschokolade is', dann kann sie Ihnen keiner abnehmen.

Aber wenn Westberliner kamen und hatten sich einen Fotoapparat oder Lebensmittel von Bekannten kaufen lassen im Osten, das wurde natürlich beschlagnahmt. Die Leute kamen dann vor den Schnellrichter. In der Magazinstraße ist das Schnellgericht, und sie sind dann innerhalb vier, fünf Stunden abgeurteilt worden. Je nachdem, was sie gekauft haben, bei größeren Sachen gab's drei Monate, dann mussten sie in den Ochsenkopf brummen geh'n. Da wurden die Haare geschnitten und für ihre Angehörigen in Westberlin waren die erst mal verschwunden. Nachricht geben durften sie nicht. Die Angehörigen konnten sich zu Tode ängstigen, die Leute waren wie vom Erdboden verschluckt.

Also das hab' ick 'n halbes Jahr gemacht. Meine Frau sagte schon immer, wir können nich' mal drüben ins Kino gehen, und die hauen mir hier noch was ins Kreuz, weil du den Leuten die Taschen nachschnüffelst.

Wenn ich nach Hause fuhr in meiner Uniform, dann haben die in der Straßenbahn schon immer geschnüffelt: stinkt ja hier so, 'n Taschenschnüffler! Die haben Sie angepöbelt, die hatten direkt ein' Hass auf Sie. Zoll ist ja noch schlimmer wie Polizei. Und in der Uniform sind Sie eben gleich dran.

Am Bahnhof Friedrichstraße läuft außer Zoll auch noch Transportpolizei rum und Staatssicherheit auch, aber die geht eben in Zivil, ganz unauffällig. Die geht mal hier und mal da und kommt zu uns ran und sagt: Den schnappen Sie sich mal und bringen Sie ihn zu uns.

Meine Frau wurde immer unglücklicher. Manchmal sind wir tanzen gegangen, aber schon wenn man Eintritt bezahlt, muss man überall den Personalausweis vorzeigen, dann haben sie gleich geguckt, Zoll, aha, Mund halten. Und war man drin im Tanzlokal und bestellte sich Getränke, wieder Personalausweis vorzeigen. Ich hatte noch dazu einen Dienstausweis. Die um uns rumsaßen, die schreckten direkt vor mir zurück. Macht denn so'n Leben überhaupt noch Spaß? Keiner wollte sich mit uns unterhalten, und dabei waren wir doch alle jung. Die dachten natürlich, Vorsicht, Zoll, kein Wort fallenlassen, und ich konnte ja auch nicht sagen, ich denke soundso. Man wusste ja nie, an wen man gerade kam. Man musste ja selbst vorsichtig sein.

Mit meiner Frau wär' ich ja gern mal im Westen ins Kino gegangen. Im Osten sieht man ja bloß sowjetische Filme und immer Balalaika, Balalaika. Sind Sie ringekommen, dann sind Sie ganz bescheuert wieder rausgegangen. Meine Kollegen, die dicht am Westsektor wohnten, die sagten dann, Mann, du, heute hab' ick'n anständigen Film gesehen, 'n schönen Liebesfilm da, musst du hin! Mensch, ick darf doch gar nicht rüber, sag ick. Wenn die mir sehen, dann ist Polen offen.

Wenn die rauskriegen, dass Sie westliche Bindung haben, dann werden Sie rausgeschmissen, und dann: gesiebte Luft. Sie müssen ja vorher unterschreiben, dass Sie keine Westzone und keinen Westsektor betreten, dass Sie in keinem brieflichen Verkehr mit Westdeutschland oder Westberlin stehen, dass Sie keine Verwandten im Westen haben. Ich musste sogar für meine Eltern unterschreiben, dass sie keinen RIAS hören, für meine Eltern und für meine Schwiegereltern. Ich kann doch meinem Vater nicht verbieten, RIAS zu hören. Na, denn kam ick mal nach nach Hause und sage, wat, ihr hört hier RIAS? Na, willst du uns das verbieten, sagt mein Vater, du bist gut. Wenn dir das nicht passt, dann in die Schlafstube und leg dich aufs Chaiselongue und pack deine Ohren mit Watte ein.

Na, und meine Schwester, die ist zwanzig Jahre, die lässt sich doch von mir nichts verbieten. Im RIAS, da ist doch wenigstens 'n anständiger Rabatz drinne, 'ne anständige Musik, sagt sie.

Ick sag' bloß, wenn sie das draußen hören, wenn da einer von der VP vorbeikommt, dann haben se mir gleich am Arsch. Ich musste das doch alles unterschreiben. Meine Frau sagte immer, du musst bald Schluss machen. Die kieken uns alle schon schief an. Lass dir'n Schnurrbart stehen, sagte sie, und wenn du abhaust, dann rasierst du den ab.

Na, wie es denn so kam, haben wir beim Zoll in der Versammlung diskutiert – der Schnurrbart wuchs schon –, und ein Kollege und ich haben immer dagegen geredet. Und der Kollege hat gesagt, also, wenn da'n großer Parteibonze is', und der kooft was drüben ein für 3.000 Mark, und da is'n Arbeiter, der sich für seine paar Groschen was gekauft hat, was es bei uns nicht gibt, Medikamente und so, da muss ich dem Arbeiter sein bisschen abnehmen, und den Parteibonzen mit dem Parteibuch in der Hand, den hab ich festgenommen, aber den habt ihr laufen lassen.

Den Kollegen haben sie gleich rausgeschmissen, weil er gesagt hat: Parteibonze. Er hat ooch keine Arbeit gekriegt. Dann hat er sich bei der Reichsbahn gemeldet, weil die ja unheimlich suchen, und da musste er dann als Picker gehen, so Steine einpicken.

Die Sache mit dem Kollegen hat mir dann den Rest gegeben, ich bin dann weg vom Zoll und in einen VEB-Betrieb. ...

S. 88–96
Aus: Erika von Hornstein: Flüchtlingsgeschichten. 43 Berichte aus den frühen Jahren der DDR
© AB – Die Andere Bibliothek GmbH & Co. KG, Berlin 1985, 2011
(erschienen als Band 8 der Anderen Bibliothek im Eichborn Verlag, Frankfurt am Main)
(Titelnummer 4008)

Alltag im Kalten Krieg (1950–1953)

Aus:
Geh doch rüber!

Alltag im Kalten Krieg (1950–1953)

In: Conradt/Heckmann-Janz: Berlin halb und halb

Von Frontstädtern, Grenzgängern und Mauerspechten.
Berichte und Bilder

…

Trotz Verboten und Kontrollen, die Taschen der Tausenden, die
täglich aus den Westsektoren in den Ostsektor und wieder zurück-
fahren, sind voll mit Waren, die sie im Osten erstanden haben. Wer
auf die geringe öffentliche Unterstützung angewiesen ist, kann es sich
nicht leisten, auf Politikerreden zu hören. Else Motzke und ihr Mann
sind beide ohne Arbeit. Das Geld vom Arbeitsamt reicht nicht vorne
und nicht hinten, um die vierköpfige Familie zu ernähren:
»Meine Eltern, die im Ostteil wohnten, haben uns geholfen. Mal
brachten Sie uns Brot, mal ein Stück Fleisch. Ich bin auch selber rübergefahren und habe dort eingekauft. Dabei hatte ich immer Angst,
vom Westzoll erwischt zu werden. Einmal habe ich mir das gefrorene
Fleisch, das ich drüben billig erstanden hatte, um den Bauch gebun-
den. Es war eisig, ich konnte es kaum aushalten. Sobald ich wieder
im Westen war, habe ich es mir im nächsten Hausflur schnell wieder
abgemacht. …

Einmal sah ich drüben eine wunderschöne Stehlampe – hier im Westen hätte ich mir eine solche Lampe nie leisten können –, also wechselte ich Geld ein, bin rübergefahren und habe die Lampe gekauft. Der Geschäftsmann wickelte sie mir sehr sorgfältig ein. Ich dachte in meiner Naivität, es könne nun keiner mehr erkennen, was ich bei mir habe. Als ich in die Straßenbahn einstieg, sagte der Schaffner als Erstes: ›'ne schöne Stehlampe haben Sie da wohl geholt.‹ Ach du meine Güte, dachte ich, wie soll ich da durch die Grenze kommen, wenn der das beim ersten Blick sieht. Aber ich bin durchgekommen mit meiner Stehlampe … und war viele Jahre stolz auf dieses schöne Stück.«

…

Erschienen: Sammlung Luchterhand 992, März 1990, Frankfurt am Main

Abdruckgenehmigung freundlicherweise von den Autorinnen erteilt.

Blockadebrecher von Hans Sanke

In: Ost-West Piraten

Berliner Grenzgeschichten
Abschnitt: Hintenrum

Während der Blockade Westberlins Anfang der fünfziger Jahre wurden die S-Bahn-Fahrgäste, die von Ost- nach Westberlin fuhren, sehr häufig kontrolliert. Es wurde nach Lebensmitteln, Brennstoffen und Bekleidung gesucht, mit denen die so brutal getrennten Berliner Familien sich gegenseitig zu helfen versuchten. »Illegale Ausfuhr aus der DDR« hieß das und wurde zumindest mit der Wegnahme der Waren bestraft. Für Wiederholungstäter drohten dann schon Haftstrafen.

Trotzdem schmuggelten die Berliner »auf Deibel komm raus«, wie sie sagten. In so manchem Kinderwagen lag unter der Babymatratze eine Schicht Kohlen, die im Osten billiger und leichter zu bekommen war und zu etwas mehr Wärme im blockierten Westberlin beitrug. Die Kontrolleure stiegen am vorletzten Bahnhof im Osten ein und fragten die Reisenden nach ihrem Gepäck. In einem Abteil stand eine Nähmaschine. Trotz mehrfacher Befragung meldete sich kein Eigentümer. Als der Zug auf dem letzten Bahnhof Ost hielt, packten die zwei Ordnungshüter die Maschine, um sie mitzunehmen. Denkste! Sie war mit einem Fahrradschloss an eine der Haltestangen angeschlossen und nicht fortzubewegen. In letzter Minute verließen die beiden Kontrolleure unverrichteter Dinge den Zug.

Auf dem nächsten Bahnhof West stieg ein junger Mann ein, ging zur Nähmaschine und sagte: »Da bist du ja.« Dann schloss er sie ab und stieg mit ihr aus.

… Anfang der fünfziger Jahre …

Klaus Harpprecht berichtet in seiner Autobiographie »**Schräges Licht. Erinnerungen ans Überleben und Leben**« über einen Vorgang, an dem er selbst als Akteur beteiligt war:

…

Sein Bruder (der Bruder von Klaus Mehnert, Anm. d. Hg.), der Bildhauer Frank Mehnert, gehörte mit den Brüdern Stauffenberg zum inneren Kreis der Stefan-George-Jünger. Er fertigte Anfang der vierziger Jahre eine schöne Büste des Attentäters (Oberst Claus Schenk Graf von Stauffenberg, Anm. d. Hg.), die von einer Tante der Mehnerts in Ostberlin versteckt wurde. Klaus Mehnert, mein Chefredakteur, gab mir Anfang der fünfziger Jahre den Auftrag, den Bronzekopf nach Westberlin herüberzuholen. Wir, die ältere Dame und ich, verbargen das schwere Exponat in einem Wäschekorb, den wir über und über mit Blumen füllten, transportierten es auf einem Handwagen zur S-Bahn und erwarteten geduldigen Gesichts die Kontrolle der Volkspolizei. Sie kam. Einer der Genossen blickte voller Misstrauen auf den Blumenkorb. Was wir damit anfangen wollten? Wir seien gebeten worden, die Hochzeit von Verwandten in Westberlin auszurichten, wo Blumen ein Vermögen kosteten, sagte die Dame mit völliger Gelassenheit. Der Polizist nickte und verzichtete darauf, die Hand durch den Korb gleiten zu lassen. Am Bahnhof schleppten wir unseren Schatz in die nächste Kneipe und erholten uns bei einem Glas Wein. Hätte der Vopo die Büste gefunden, wären uns ein paar Jahre Zuchthaus sicher gewesen – nicht so sehr Stauffenbergs wegen, der in der Zone kaum bekannt war (doch von der SED als Repräsentant einer reaktionären Adelsclique damals scharf abgelehnt wurde), sondern weil auf die illegale Verschiebung des kostbaren »Buntmetalls« schwere Strafen standen. …

Von Ost- nach Westberlin Ende 1954

Aus:

Wolfgang Mittmann: Tatzeit – Große Fälle der Deutschen Volkspolizei

Aus Kapitel: Brennpunkt Optik

...

Ein kühler Luftzug strich über den hochgelegenen S-Bahnhof in Potsdam-Babelsberg. Der viel zu kurze Sommer des Jahres 1954 neigte sich dem Ende zu. Menschentrauben drängten sich an der Bahnsteigkante. Feierabend in den Babelsberger Motorenwerken und in den DEFA-Studios. Etwa vierzig Prozent der Belegschaft wohnten in Westberlin. Die S-Bahn-Züge fuhren im Fünfminutentakt. Straßenbahnen und Busse karrten die Umsteiger heran.

Hasso Schützendorf stand in der Mitte des Bahnsteiges. Er hatte sich in einen weiten Lodenmantel gehüllt, auf dem Kopf trug er einen grünen Hut mit kurzem Federschmuck. Eine abgeschabte Ledertasche vervollständigte seinen Aufzug. Aus der rechten Manteltasche lugte eine Ausgabe des »Neuen Deutschlands«. Einige Meter entfernt wartete Ferdinand Georg. Auch er mit ungewöhnlicher Leibesfülle gesegnet.

Die Bahn polterte heran. Als der Zug zum Halten kam, befand sich das Traglastenabteil vor Schützendorfs Nase. Es gelang ihm, einen Sitzplatz in einer Ecke zu ergattern, auf dem er sich mit durchgedrücktem Rückgrat vorsichtig niederließ, so als stecke ihm der Hexenschuss im Kreuz.

»Einsteigen! Zuuurückbleiben!«

Der S-Bahn-Zug ruckte an und jagte mit aufheulenden Elektromotoren aus dem Bahnhof. Hasso Schützendorf schlug das Leibund Magenblatt für alle SED-Genossen auf. Er las die Schlagzeilen, entdeckte aber keine einzige Nachricht, die seine Aufmerksamkeit fesseln konnte.

Die letzten Häuser von Babelsberg blieben zurück. Gärten. Ein Waldstück. Der Zug fuhr in den Bahnhof Griebnitzsee ein, hielt mit quietschenden Bremsen am Bahnsteig.

»Griebnitzsee! Griebnitzsee!«, plärrte der Lautsprecher auf dem Bahnsteig.

»Letzter Bahnhof vor dem amerikanischen Sektor!«

Die Tür flog auf. Ein junger Mann in der dunkelgrauen Uniform des AZKW (Amt für Zoll und Kontrolle des Warenverkehrs der DDR) trat in das Abteil. Er grüßte militärisch. Sein prüfender Blick streifte über die Fahrgäste. Mit gleichgültigen Mienen erduldeten sie die Musterung. Niemand ließ sich das Unbehagen anmerken, das den friedlichsten Durchschnittsbürger angesichts der staatlichen Kontrollorgane unweigerlich überkam.

»Darf ich bitte Ihr Gepäck sehen?«

Schützendorf ließ das »Neue Deutschland« sinken. Er deutete auf seine unansehnliche Aktentasche. Doch die Frage des Zollkontrolleurs galt seinem Nachbarn, der wie ein gutsituierter Besucher aus der Provinz aussah. Sein massiger Körper steckte in einer derben Joppe. Eine Schirmmütze bedeckte den runden Schädel, während auf dem zartroten Gesicht dicke Schweißtropfen perlten. Mit den Füßen versuchte der Mann einen Koffer unter die Bank zu schieben. Vergeblich. Der Zollkontrolleur sagte: »Bitte kommen Sie mit dem Koffer zur Kontrolle!«

Ein stummes Nicken als Gruß für den ND-Leser Schützendorf. Der Zöllner hielt ihn für einen Gesinnungsgenossen, für einen Forstangestellten vielleicht, der tagsüber in den Potsdamer Waldgebieten zu tun hatte.

»Nach Erkner zurückbleiben!«

Die Druckluft zischte in die Türschließautomaten. Mit eigentümlichem Singen starteten die Elektromotoren, wurden hochgeschaltet. Als die S-Bahn über die Stahlkonstruktion der Teltowkanalbrücke polterte, knüllte Schützendorf das ND zusammen. Die Fahrten im dichtesten Berufsverkehr gehörten zu seiner Taktik. Kein Zöllner vermochte in dem Gedränge jeden Reisenden unter die Lupe zu nehmen. Nur ein Zufall konnte zu einer Entdeckung führen. Und diesen Zufall hatte er mit Hilfe des »Neuen Deutschlands« noch immer überlistet.

Bahnhof Wannsee. Hasso Schützendorf stieg aus. Vom anderen Ende des Zuges schlenderte Georg heran. Er grinste über das ganze Gesicht. Noch ein dritter Mann war im Zug gewesen, auch er mit Ferngläsern und Fotoapparaten behangen, die am Körper unter der Kleidung verborgen waren.

»Die Potsdamer Tageszeitung! Heute mit neuer Tarantel!« Neben dem Treppenabgang rief ein pickliger Jüngling seine Zeitungen aus. »Die Potsdamer Tageszeitung! Ein Westberliner Blatt für die Ostzone!«

Mit der nächsten S-Bahn kamen die drei Männer, die den Rest der Schlepperkolonne bildeten. Großes Hallo. Wieder war alles gutgegangen. Rund einhundertfünfzig Geräte hatten sie mit einem Schlag über die Grenze gebracht.

»Jungens, das feiern wir heute Abend«, versprach Schützendorf. »Ich lade euch zu Sekt und Kaviar ein!«

Unter den Augen der Westberliner Zollbeamten, die in der Bahnhofsvorhalle postiert waren, marschierten sie zu den Parkplätzen.

Hasso Schützendorf im Interview:

Der Westzoll guckte, ob wir was in der Hand haben, aber wir hatten ja alles unter dem Mantel gut versteckt, dass man da nichts merkte. Der Westzoll erlaubte nicht, dass ich die Gläser in den Westen einführte. Das war genauso ein Delikt gegen den Interzonenhandel. Nur in Westdeutschland galt es als Kavaliersdelikt, während es schon im Osten ein Wirtschaftsverbrechen war. Die wussten ja, dass ihnen der Exporthandel kaputtging, wenn wir die Zeiss-Sachen billiger anboten als sie selbst …

Quellennachweis:

Aus: Wolfgang Mittmann: Tatzeit Bd. 1 und 2, S. 397 ff.
© Verlag Das Neue Berlin, Berlin, 2000

Wer war Hasso Schützendorf?

Hasso Schützendorf (geboren am 3. November 1924 in Düsseldorf, gestorben am 4. Februar 2003 in Palma de Mallorca) war eine schillernde Figur: Nach 1945 bis Ende 1957: Kopf eines Schmugglerrings, der im Ost-West-Schmuggel tätig war (»norddeutscher Schmugglerkönig«); verschob zwischen 1950 und 1954 Büromaschinen von Ost nach West, wobei er einen für die damalige Zeit astronomischen Umsatz von ca. 1,5 Millionen DM erzielte. Festnahme durch den deutschen Zoll an der deutsch-schweizerischen Grenze. Ein westdeutsches Gericht verurteilte ihn wegen des Büromaschinenschmuggels zu zwölf Monaten Haft.

Ab 1957 kauften seine »Mitarbeiter« (zeitweise bis zu 100 Personen) mit Hilfe gefälschter DDR-Pässe in der DDR Fotoapparate, Ferngläser und andere optische Geräte auf. Mit Hilfe präparierter Fahrzeuge gelangte die Schmuggelware zunächst nach Westberlin. Später wurde sie nach Barcelona verbracht und verkauft. Die Polizei der damaligen DDR jagte den Wirtschaftsverbrecher erfolglos (in seiner Akte bei der Vopo Ostberlin heißt es: »Schützendorf ist ein verschlagener Gangster mit einiger Intelligenz.« – Schützendorf über sich: »Gaunerstücke habe ich in meinem Leben nie gemacht. Ich war immer ein ehrlicher Schmuggler!«).

Während eine große Zahl seiner Bandenmitglieder in Zuchthäusern der DDR landete, gelang Schützendorf die Flucht nach Mallorca.

Er lebte ab 1958 auf Mallorca, wo er den Autoverleih groß aufgezogen hat (»Hasso – rent a car«): Millionär (»König von Mallorca«), Lebemann und Playboy.

Literatur- und Quellennachweis:

Willi A. Boelcke: Der Schwarzmarkt 1945–1948 – Vom Überleben nach dem Kriege, Georg Westermann Verlag GmbH, Braunschweig 1986
Martin Cornell: Hasso – Der König von Mallorca und seine Opfer, 2003
Wolfgang Fabian: Hasso – König auf Mallorca – Todeskandidat, Schmugglerboss, Multimillionär, 1999

1955 – Erstes Wiedersehen nach der Emigration

Aus:

Hellmut Stern: Saitensprünge

Erinnerungen eines leidenschaftlichen Kosmopoliten

Das Israel Philharmonic Orchestra, dem ich damals angehörte, machte 1955 seine erste Tournee durch Europa. Natürlich stand Deutschland nicht auf unserem Reiseplan – so kurz nach dem Krieg war das undenkbar, aber einige Kollegen, alte Berliner wie ich, beschlossen, den anschließenden Urlaub zu nutzen und Berlin wiederzusehen – zum ersten Mal seit fast zwanzig Jahren.

Diese Kollegen waren alle älter als ich; sie hatten Deutschland im Erwachsenenalter verlassen. Horst Salomon, der Solo-Hornist unseres Orchesters, war neunzehn Jahre alt, als er auswanderte. Die anderen standen damals schon im Beruf: Heinz Schiefer, unser Erster Posaunist, Heinz Berger, Oboe und Englischhorn, und Basia Polischuk, ein Geiger. Ich, der Jüngste, hatte Berlin nur als Kind erlebt.

…

… Jetzt saßen wir im Flugzeug nebeneinander. Horst, ein sehr kräftiger Mann, war übrigens Amateurringer und liebte schwere Motorräder. Seine Harley-Davidson war in Israel eine Sensation. Als wir langsam nach Berlin einschwebten, merkte ich, dass er immer bleicher wurde. Er sagte kein Wort mehr. Wir landeten in Tempelhof und gingen mit den anderen Passagieren durch einen langen Gang zum Zoll. Als Horst um sich herum überall Deutsch hörte und dazu noch Berlinerisch, schossen ihm plötzlich Tränen aus den Augen, er schüttelte sich vor Weinen. Schließlich heulten wir alle vier – alles gestandene Männer. Erstaunt fragte der Zollbeamte: »Was ist denn hier los?« Und ich: »Wissen Sie, wir kommen alle zum ersten Mal wieder aus der Emigration zurück. In unsere Heimat.« Er ließ uns ohne Kontrolle passieren. Horst mussten wir stützen, wir hatten Angst, er würde zusammenbrechen.

…

Quellen- und Copyright-Vermerk:

Reise nach Berlin 1959

Aus:
Gabriel García Márquez: Zwischen Karibik und Moskau.
Journalistische Arbeiten 1955–1959

Kapitel: Der »Eiserne Vorhang« ist ein rot und weiß
gestrichener Balken

Der Eiserne Vorhang ist weder ein Vorhang noch aus Eisen. Er ist eine
Schranke aus Holz, die rot und weiß gestrichen ist wie die Aushänge-
schilder der Barbierstuben. Nachdem ich drei Monate lang hinter dem
Eisernen Vorhang gewesen bin, sehe ich ein, dass es ein Mangel an
gesundem Menschenverstand war, anzunehmen, der Eiserne Vorhang
sei tatsächlich ein eiserner Vorhang. Aber zwölf Jahre beharrlicher
Propaganda haben mehr Überzeugungskraft als ein ganzes philoso-
phisches System. Täglich vierundzwanzig Stunden Zeitungslektüre
ruinieren am Ende den gesunden Menschenverstand derart, dass man
die Metaphern wörtlich nimmt.

Wir reisten zu dritt aufs Geratewohl. Jacqueline, eine Französin in-
dochinesischer Abstammung, Layouterin bei einer Pariser Zeitschrift.
Ein vagabundierender Italiener, Franco, Gelegenheitskorrespondent
von Mailänder Zeitschriften, wohnhaft dort, wo die Nacht ihn überrascht. Der dritte war ich, so wie es in meinem Pass geschrieben
steht. Die Dinge nahmen in einem Frankfurter Café am 18. Juni um
10 Uhr vormittags ihren Anfang. Franco hatte für den Sommer ein
französisches Auto gekauft und wusste nicht, was er damit anfangen
sollte, so dass er uns vorschlug, »nachzusehen, was hinter dem Eiser-

nen Vorhang los ist.« Das Wetter – ein später Frühlingsmorgen – eignete sich ausgezeichnet zum Reisen.

Die Polizei in Frankfurt hatte keine Ahnung von den Formalitäten für eine Autoreise nach Ostdeutschland. Die beiden Länder haben weder diplomatische noch wirtschaftliche Beziehungen. Jeden Abend fährt ein Zug von dort nach Berlin durch einen Eisenbahnkorridor, für den nichts weiter als ein gültiger Pass benötigt wird. Aber dieser Korridor ist ein nächtlicher Tunnel, der in Frankfurt beginnt und in Westberlin aufhört, einer winzigen westlichen Insel, die rundherum von Osten umgeben ist.

Die Landstraße ist der einzige Weg, um wirklich hinter den Eisernen Vorhang zu gelangen. Aber die Grenzbehörden sind so streng, dass es keinen Zweck zu haben schien, das Abenteuer ohne Visum und mit einem in Frankreich angemeldeten Auto zu wagen. Der kolumbianische Konsul in Frankfurt ist ein vorsichtiger Mann. »Man muss aufpassen«, sagte er in seinem bedächtigen Spanisch von Popayàn. »Stellen Sie sich vor, das alles in der Gewalt der Russen.« Die Deutschen waren deutlicher. Sie warnten uns, dass man, falls wir durchkämen, die Fotoapparate, die Uhren und alle Wertgegenstände beschlagnahmen würde. Sie meinten, wir sollten Essen und zusätzliches Benzin mitnehmen, um auf den 400 Kilometern von der Grenze nach Berlin nicht halten zu müssen, und dass wir zweifellos das Risiko eingingen, von den Russen beschossen zu werden. Wir mussten es dem Zufall überlassen. In Anbetracht der Aussicht auf noch einen Abend in Frankfurt mit einem weiteren deutschen Film auf Deutsch warf Franco eine Münze in die Luft, um über die Reise zu entscheiden. Die Schriftseite lag oben.

»O.K.«, sagte er. »An der Grenze stellen wir uns dumm.«

…

An der Grenze wurde gegessen. Der Wachtposten, ein Halbwüchsiger in einer dürftigen und schmutzigen Uniform, die ebenso wie die Stiefel und die Maschinenpistole etwas zu groß für ihn war, machte uns Zeichen stehenzubleiben, bis das Zollpersonal mit dem Essen fertig sei.

Wir warteten über eine Stunde. Es war schon dunkel, aber die Lichter blieben ausgeschaltet. Auf der anderen Straßenseite war der Bahnhof, ein staubiges Holzgebäude mit geschlossenen Fenstern und Türen. Die geräuschlose Dunkelheit strömte den Dunst von warmem Essen aus.

»Die Kommunisten essen auch«, sagte ich, um nicht die gute Laune zu verlieren.

Franco döste über dem Lenkrad.

»Ja«, sagte er. »Trotz allem, was die westliche Propaganda sagt.«

Kurz vor zehn gingen die Lichter an, und der Wachtposten ließ uns zur Laterne kommen, um die Pässe zu prüfen. Er prüfte jede Seite mit der zugleich schlauen und verlegenen Gewissenhaftigkeit derer, die nicht lesen und schreiben können. Dann hob er die Schranke und bedeutete uns, zehn Meter weiter vorn zu halten, vor einem Gebäude aus Holz mit einem Zinkdach wie die Saloons in den Wildwestfilmen. Ein unbewaffneter Wachtposten im selben Alter wie der andere brachte uns zu einem Schalter, wo uns zwei weitere Jungen in Uniform erwarteten, die weniger steif als verlegen waren, aber nicht die geringste Spur von Freundlichkeit zeigten. Ich war überrascht, dass das große Tor zur östlichen Welt von unfähigen und halb analphabetischen Jugendlichen bewacht wurde.

Die beiden Soldaten bedienten sich eines Federhalters und eines Tintenfasses mit Korkverschluss, um die Daten aus unseren Pässen abzuschreiben. Es war eine mühselige Handlung. Einer von ihnen diktierte. Der andere schrieb die französischen, italienischen, spanischen Laute mit den ungelenken Krakeln der Dorfschule nieder. Seine Finger waren von Tinte verschmiert. Wir alle schwitzten. Sie vor Anstrengung, wir wegen ihrer Anstrengung. Unsere Geduld überstand sogar den unseligen Augenblick, in dem mein Geburtsort diktiert und geschrieben werden musste: »Aracataca.«

Am nächsten Schalter deklarierten wir unser Geld. …

Schließlich mussten wir – an einem dritten Schalter – mit Zeichen einen Fragebogen in Deutsch und Russisch mit allen Einzelheiten über das Auto ausfüllen. …

Anmerkung des Herausgebers:
Schließlich erhalten die drei Reisenden das erforderliche Visum und rasen mit
dem Auto nach Berlin.

27.7.59

Aus Kapitel: Berlin ist eine irre Stadt

...

Die offizielle Grenze zwischen den beiden Berlin ist das Branden-burger Tor, auf dem die rote Fahne mit Hammer und Sichel weht. Fünfzig Meter vorher ist ein beunruhigendes Schild: »Achtung, Sie betreten den sowjetischen Sektor.« Wir kamen gegen Abend vor diesem Schild an, nachdem wir Westberlin kennengelernt hatten. Instinktiv verlangsamte Franco die Geschwindigkeit. Ein russischer Polizist bedeutete uns durch Zeichen anzuhalten, prüfte das Auto mit rein verwaltungstechnischem Blick und ließ uns weiterfahren. Der Übergang ist so einfach, wie wenn man auf das Grün der Verkehrs-ampel wartet. Aber der Wechsel ist zu erkennen. Und er ist brutal. ...

3.8.59

Quellenhinweis:

Aus: Zwischen Karibik und Moskau. Journalistische Arbeiten 1955–1959 von Gabriel García Márquez
Mit einem Vorwort und ausgewählt von Ricardo Bada. Aus dem kolumbi-anischen Spanisch von Hildegard Moral. KiWi 107
© 1986, Verlag Kiepenheuer & Witsch GmbH & Co. KG, Köln

Aus
Erika M. Hoerning, Sektoren – Währungen – Grenzen
Grenzhandel in Berlin Wedding

in: Der Wedding – hart an der Grenze, Ein Lesebuch zur
Berliner Nachkriegsgeschichte; Berlin, Nishen: 205 - 216

a) Die Aufteilung der Viersektorenstadt in zwei Währungsgebiete

Grenzgänger
lebten und arbeiteten in unterschiedlichen Währungsgebieten.
Menschen, die täglich zwischen zwei sehr unterschiedlichen, sich
gegenseitig feindlich gesinnten, politischen Systemen hin und her
pendelten.
Ich zitiere (Hoerning 1987, 205):
... »Harry Matuschek, Jahrgang 1912, arbeitet seit 1932 mit
Kriegsunterbrechung als Friseur im Salon Berta Krumpf in Nie-
derschöneweide im sowjetischen Sektor der Stadt. Er lebt mit seiner
Familie nach Kriegsende im französischen Sektor. Durch die Wäh-
rungsumstellung wird er zum Grenzgänger, und ein Teil seines Ar-
beitsentgelts wird – gemessen an dem Höchstumtauschsatz der Lohn-
ausgleichskassen – 1 : 1 Ost gegen West getauscht. Den verbleibenden
Ost – Lohn und seine Trinkgelder kann er nur in den Wechselstuben
der Westsektoren zum Tageskurs in West umtauschen. Zunächst ver-
sucht er dieses verlustreiche Geschäft zu vermeiden und beantragt
beim Magistrat von Ost – Berlin eine Einkaufserlaubnis für den Ost-

sektor, damit er mit dem dort verdienten Geld im sowjetischen Sektor einkaufen kann.

»Und da sagte mir die Dame (beim Magistrat von Ost – Berlin), ja, Herr Matuschek, das tut mir ja herzlich leid, Sie arbeiten in einem Privatbetrieb. Das ist ein Ausbeuterbetrieb. Ich sage, meinen Sie, ich würde so viele Jahre bleiben, wenn ich in einem Ausbeuterbetrieb arbeiten würde? Nein, es gab nichts (keinen Einkaufsschein). Also mußte ich das illegal machen. Ich nahm mir ein halbes Pfund Butter in die linke Hosentasche, rechts ein halbes Pfund (…). Der Zoll kam rein (in die S-Bahn). Verschiedene wurden herausgepickt.

Fortan nutzt Harry Matuscheck für seine Heimfahrten von der Arbeit aus dem sowjetischen Sektor zu seiner Wohnung im französischen Sektor die Stoßzeiten in den öffentlichen Verkehrsmitteln. Wenn sich viele Menschen zu einer bestimmten Tageszeit aus dem Ostteil in Richtung Westen nach Berlin – Wedding, Bahnhof Gesundbrunnen bewegten, waren die Kontrollen des Ost-Zolls nicht mehr so dicht. Er wird mit seinen geschmuggelten Lebensmitteln niemals entdeckt.«

…

b) Der Grenzhandel …

Grenzhändler

überwiegend Klein-Händler, die unmittelbar an der Sektorengrenze Ost – aber im Westen der Stadt – ihre Geschäfte schon vor der Währungsreform hatten oder aber dort später eröffneten, konzentrierten sich auf Kunden aus dem Ostsektor und der DDR

Ich zitiere (Hoerning 1987, 209):

…«Die Warenbeschaffung für den Handel in den Westsektoren erfolgte aus den Westzonen Deutschlands über die Transitwege. Diese Waren konnten mit der in den Westsektoren gültigen Währung bezahlt werden. Wollten diese Händler jedoch Waren aus dem Ost-Sektor oder aus der Ostzone/DDR beziehen, mußten aufwendige bürokratische Hürden genommen werden (Interzonenabkommen). Selbst der alltägliche Transport von Waren zwischen den Stadtteilen konnte in einer politischen Verwicklung enden. Paul Schreiber, Jahrgang 1901, der einen Elektrofachhandel in der Bornholmer Straße im Wedding betrieb, wollte Waren von Kreuzberg nach Wedding transportieren. Der kürzeste Weg von Süd nach Nord führte durch den Ostsektor; Das Durchfahren war kein Problem, aber das

Durchfahren mit Waren wurde als »unerlaubte Einfuhr« gewertet:

»Und ich komme (mit dem Motorrad, VB) an der Grenze Ost-West-Sektor an, und da stand ein Ostpolizist und hält mich an. »Wo wollen Sie denn hin?«

Ich sage: »Na, da nach drüben, in meinen Laden.« »Hier dürfen Sie mit der Ware nicht rüberfahren! Kommen Sie mal mit zur Polizei!«

Ich sage: »Steigen Sie mal hinten auf, und dann fahren wir rum.«

Der ist aufgestiegen. Und ich natürlich Vollgas und war drüben auf der anderen Seite (...). Und der ging ganz schnell rüber (in den sowjetischen Sektor), weil er ja in dem französischen Sektor war.«

...

Anmerkungen:

Die zitierten Zeitzeugen sind anonymisiert.
Die Interviews befinden sich im Besitz der Autorin.

Mit dem Bau der Mauer 1961 gehörten Grenzgänger/innen und Grenzhändler/innen der Vergangenheit an.

Literaturhinweis:

Hoerning, Erika M. (1987): »Sektoren – Währungen – Grenzen. Grenzhandel in Berlin-Wedding«. In: Berliner Geschichtswerkstatt, Hg., Der Wedding – hart an der Grenze. Ein Lesebuch zur Berliner Nachkriegsgeschichte. Berlin: Nishen, 205 – 216

Hoerning, Erika M. (1992): Zwischen den Fronten. Berliner Grenzgänger und Grenzhändler 1948 – 1961. Köln; Weimar; Wien; Böhlau

Vormauerzeit
(bis zum 12. August 1961)

18. September 1958

Aus:
Jutta Voigt: Westbesuch

Lebt wohl, Kameraden!

In der Vormauerzeit kann man sich noch entscheiden zwischen Bleiben und Gehen. Wenn man will, wechselt man die Welten für immer,
Berlin ist ein Schlupfloch. Flucht ist möglich, man darf sich nur nicht
mit einem großen Koffer erwischen lassen. Wer die DDR, die Zone,
den Osten satthat, kann in diesen Zeiten seine Fluchtpläne relativ
unkompliziert verwirklichen. Er fährt aus Görlitz oder Riesa oder
Rostock nach Ostberlin, von dort mit der S-Bahn nach Westberlin
und meldet sich im Notaufnahmelager Marienfelde.

Nach eingehender Personalüberprüfung und Befragung lässt er
sich nach Westdeutschland ausfliegen. Oder er kehrt von einer Be-
suchsreise in den Westen einfach nicht zurück. Ein Arzt der Universi-
tätsklinik Halle erklärt seinem Vorgesetzten am 18. September 1958,
warum er für immer im Westen bleibt:

»Hochverehrter Herr Professor, ich werde nicht mehr in die DDR
zurückkehren. Der bestimmende Anlass war für mich ein empö-
rendes und entwürdigendes Erlebnis an der Zonengrenze. Ich war
mit meiner Frau und drei keuchhustenkranken Kindern im Wagen

unterwegs zu meiner Mutter. Nach dem ersten Durchwühlen des Gepäcks, das wir schon als selbstverständlich hinzunehmen gewohnt sind, wurde ich hinter verschlossenen Türen nochmals in übelster Weise untersucht, der Wagen auf der Hebebühne von oben und unten kontrolliert und dabei erheblich beschädigt. Die ganze Aktion dauerte zwei Stunden. Während dieser Zeit musste meine Frau mit den drei hustenden und erbrechenden Kindern auf der heißen Autobahn stehen. Schatten aufzusuchen oder sich zu setzen, wurde ihr nicht erlaubt. Schließlich wurde ein Betrag von 100 DM West, den ich für Benzin und eventuelle Reparaturen vorsorglich mitgenommen hatte, entdeckt und beschlagnahmt. Ich bedaure sehr, dass ich mein Arbeitsfeld, das Sie mir in Ihrer Klinik großzügig einrichteten, verlassen muss. Nach den Drohungen der Zollbeamten hätte ich mit wesentlichen Einschränkungen meiner Freizügigkeit zu rechnen, eine Rückkehr würde deshalb ein zu großes und der Familie gegenüber nicht vertretbares Risiko bedeuten. Ich kann mir ungefähr die Schwierigkeiten denken, die für Sie, hochverehrter Professor, aus meinem Wegbleiben erwachsen. Trotzdem bitte ich Sie, Verständnis für meine Lage zu haben und mein Verhalten keineswegs als beabsichtigte Fahnenflucht aufzufassen.

Mit vorzüglicher Hochachtung Ihr sehr ergebener F. K.«

Zwei Volkspolizisten aus Sachsen-Anhalt fassen sich kürzer. Anfang der Fünfziger kritzeln sie auf ein liniertes Blatt: »Lebt wohl, Kameraden! Wir gehen dahin, wo man deutsch leben und Deutsch sprechen kann.

Auf Nimmerwiedersehen! Werner und Willi.«

Aus:

Brigitte Kiriakidis: Das Gerücht

In: Schattensprünge. Geschichten rund um die Berliner Mauer

Herausgeber: Kirsten Bortels, Brigitte Kiriakidis

»März 1961. Lilo sitzt im Wohnzimmer, näht an ihrem Hüftgürtel und Hans macht sich am Ofen zu schaffen. …

…

Geldschein für Geldschein näht sie in den Hüftgürtel ein. Wenn die mich damit erwischen, dann Gnade mir Gott … Viel wird es nicht wert sein, dieses Geld, doch es ist ein Grundstock für uns, damit wir nicht ganz ohne Geld dastehen … Gedankenvoll setzt sie jeden Stich. Keiner darf wissen, was wir vorhaben, nicht einmal meine Schwester. Das ist aber nur zu ihrem Schutz. Lilo schüttelt mit dem Kopf. Nein, hier, in diesem Land, wo man jeden, egal ob Freund oder Verwandter, der die Absicht äußert, dass er wegwill, anzeigen muss, will sie nicht mehr bleiben. Endlich hat sie auch ihren Mann Hans überzeugt. Es geht nämlich das Gerücht um, dass noch in diesem Jahr die Grenze dicht gemacht wird. Dann ist es zu spät … Und wenn alles gut geht, haben wir es in drei Tagen geschafft …

…

Einen Tag später, es ist Karfreitag, der 31. März, sitzt sie mit ihrer Tochter im Interzonenzug. Am Grenzübergang Probstzella hält er. DDR-Grenzpolizisten steigen ein. Jetzt entscheidet es sich, denkt sie und bebt vor Anspannung. Ich darf mir nichts anmerken lassen. Ich muss ganz ruhig und gelassen bleiben. Die dürfen keinen Verdacht schöpfen. Ein Grenzer tritt ein. Sein Ton ist barsch und kompromisslos: »Die Papiere bitte!« Lilo reicht ihren Ausweis und die Ausreisegenehmigung für sich und Susanne. Ihre Hand zittert. Dem Grenzbeamten fällt es nicht auf. Er schaut auf die Dokumente, mustert sie und die Tochter ... Für Sekunden hält Lilo den Atem an. Wenn der uns jetzt auffordert, den Zug zu verlassen, und herausfindet, dass ich so viel Geld dabeihabe ... Der Grenzer gibt ihr die Papiere zurück und verlässt das Abteil. Ein Felsbrocken fällt Lilo vom Herzen. Jetzt wird alles gut.

...

Einen Tag nach der Abreise seiner Frau und Tochter verlässt Hans im Morgengrauen mit Peter das Haus. Ohne Koffer! Nur das Notwendigste ist eingepackt. Sie fahren mit seinem alten Adler in Richtung Berlin. Ein Abenteuer beginnt. Hans erklärt seinem Sohn, dass sie die Großmutter mit einem Kurzbesuch überraschen wollen. Warum sage ich ihm nicht die Wahrheit, überlegt Hans. Der Junge ist bereits siebzehn ... Man kann aber nie wissen, was passiert. Und wenn er nichts weiß, ist es besser für ihn ... Peter schöpft keinen Verdacht. Schon oft war er mit den Eltern und seiner Schwester bei der Oma in Westberlin.

In Ostberlin nahe dem Rosenthaler Platz lässt Hans das Auto in einer Nebenstraße stehen. Das muss er, wenn er unauffällig auf die andere Seite kommen will. Leicht fällt es ihm nicht, sein Auto dazulassen. Auch wenn es alt ist. Wehmütig schaut er es an. Wie viel Arbeit, wie viel Zeit habe ich in dich gesteckt ...? Und jetzt, was wird aus dir, alter Freund ...? Verschrotten sie dich oder ...? Er darf nicht darüber nachdenken, reißt sich los und geht mit seinem Sohn in Richtung S-Bahnhof Marx-Engels-Platz.

Sie könnten auch die U-Bahn am Rosenthaler Platz nehmen, aber nach der langen Fahrt wollen sie sich ein bisschen die Beine vertreten. ... Hans ist sich bewusst, dass vor ihnen zwar der kürzeste, aber gefährlichste Weg liegt: DDR-Polizisten steigen plötzlich in die S- oder U- Bahn ein, kontrollieren die Ausweise der Reisenden und nehmen jeden, der in ihren Augen irgendwie verdächtig ist, einfach mit. Und bestimmt sind diese Kontrollen in den letzten Wochen verschärft worden. Ob es auch Listen gibt mit den Namen von verdächtigen Personen ...?

Am S-Bahnhof fährt die Bahn in Richtung Westen ein. Peter und Hans nehmen im ersten Wagen Platz. Nur e i n e Station bis zur Friedrichstraße. Kein Polizist ist zu sehen. Unbehelligt kommen die beiden dort an. Auf dem Bahnsteig stehen Grenzer. Weil Hans und Peter umsteigen müssen, verlassen sie den Zug und sehen, dass aus dem letzten Wagen ihrer Bahn Polizisten in DDR-Uniform aussteigen. Gott sei Dank waren wir im ersten Waggon, denkt Hans, während sie die Treppe zur U-Bahn hinuntergehen. Sie haben Glück, müssen nicht warten. Ihre Bahn fährt ein. Passanten steigen aus und steigen ein. Mit ihnen Hans und Peter. Das Abfahrtssignal ertönt, die Bahn setzt sich langsam in Bewegung. Fahr doch schneller! Unruhig rutscht Hans auf der Bank hin und her.

Endlich ... der Anhalter Bahnhof! »Wir haben es geschafft, wir sind im Westen! Freust du dich?« Hans schlägt seinem Sohn auf die Schulter. Der wundert sich über den emotionalen Ausbruch des Vaters und sagt erstaunt: »Vati, was ist mit dir los? Wir wollen doch nur Oma besuchen.« Verlegen schaut Hans ihn an. Er weiß, dass jetzt der richtige Zeitpunkt wäre, Peter reinen Wein einzuschenken, doch er tut es nicht.

...

Am nächsten Tag melden sich Hans und Peter im Aufnahmelager Marienfelde, damit sie nach Westdeutschland ausgeflogen werden. Eine Woche verbringen sie dort. ...

... Leichenblass sitzt der Sohn neben seinem vor Kraft strotzenden Vater und ist heilfroh, als die Maschine endlich in Frankfurt landet.

Vom Flughafen werden alle Flüchtlinge mit einem Bus ins Auffanglager nach Gießen gebracht. Dort warten sie auf ihre neuen Papiere. Nach zwei Wochen sind Vater und Sohn anerkannte Bundesbürger und reisen nach München. Hier lebt Hans' Schwester. Ilse war in den Plan des Bruders und der Schwägerin eingeweiht und ist bereit, ihn und seine Familie aufzunehmen. Jubel und Freude herrschen, als die einen aus Würzburg und die anderen aus Gießen bei Ilse eintreffen. ...

... Als ihnen eine Wohnung in München Westend angeboten

wird, ziehen sie sofort ein. … Hier, in diesen neuen vier Wänden, erreicht sie der Schock des 13. Augusts.«

...

Abdruckgenehmigung freundlicherweise von der Autorin erteilt.

Berliner Mauer
Mauerzeit (vom 13. August 1961 bis zum
9. November 1989)

September 1961

Aus:

Jutta Voigt: Westbesuch. Vom Leben in den Zeiten der Sehnsucht

Kapitel: Der Schleier der Braut

...

Vom Podest aus winkten die Westberliner mit weißen Tüchern in
den Osten: Die drüben antworteten auf ihre Weise. Sie taten, als seien
sie beim Wohnungsputz und schüttelten Staubtücher aus, denn das
»Winken und Geben von Zeichen« war laut Grenzordnung verboten.

Ein Foto zeigt eine Hochzeitsgesellschaft mit Braut und Blumen-
mädchen dicht an der Mauer in der Bernauer Straße, Ecke Swinemün-
der Straße, September 61. Die Braut steht erhöht, damit die drüben
ihr Kleid sehen können und den weißen Schleier über ihrem dunklen
Haar. Die Verwandten hinten im Osten sind kaum zu erkennen, sie
dürfen nicht nah ran an die Mauer, ein Grenzer passt auf. Einer der
fernen Hochzeitsgäste, es ist eine Frau, traut sich, rüberzuwinken in
den Westen. Vor vier Wochen sind die hier und die drüben noch davon ausgegangen, dass sie die Hochzeit gemeinsam feiern, der jetzige
Zustand war unvorstellbar.

Liebende aus den geteilten deutschen Landen werden ab jetzt zu Königskindern, »sie konnten zusammen nicht kommen, das Wasser war viel zu tief«. Regina aus dem Osten, die Eckard im Westen liebt, wird ihre Ohnmacht so ausdrücken: »Raketen werden ins Weltall geschickt, Menschen fliegen zum Mond, es muss doch möglich sein, von Ostberlin nach Westberlin zu kommen.« Nach vielen Jahren und mehreren Fluchtversuchen gelangt sie zu ihm, versteckt im Kofferraum eines Autos, ihr Herz schlägt so laut, dass sie Angst hat, die Grenzer könnten es hören.

Quellen- und Copyright-Vermerk:

Der Schleier der Braut (S. 55)
Aus: Jutta Voigt: Westbesuch. Vom Leben in den Zeiten der Sehnsucht
© Aufbau Verlag GmbH & Co. KG, Berlin 2009

Flucht nach Westberlin

Aus:
Frederick Taylor: Die Mauer
13. August 1961 bis 9. November 1989

Abschnitt: Beton, Kapitel: Spiele und Schüsse an der Mauer

…

Im ersten Monat nach dem 13. August gelang mindestens 417 Menschen die Flucht in den Westen, darunter vielen früheren „Grenzgängern", die Arbeit, Freunde und Familie in West-Berlin hatten. Sie hatten einen Grund, und sie wussten wohin sie gingen. Eine solche nahezu idealtypische Fluchtkandidatin war Ursula Heinemann, 17 Jahre alt und Kellnerin im Plaza Hotel am Kurfürstendamm in West-Berlin. Seit ihrem Schulabschluss war sie jeden Tag mit der S-Bahn aus Johannisthal, wo sie bei ihren Eltern wohnte, über die nur etwas über einen Kilometer entfernte Sektorengrenze nach Neukölln im amerikanischen Sektor und von dort weiter zu ihrer Arbeitsstelle gefahren.

Entsetzt hatte sie verfolgt, was am 13. August geschah, aber mit dem Mut der Jugend wollte sie ihr Schicksal nicht passiv hinnehmen. Die Lage am Teltowkanal, das konnte sie sehen, war beängstigend. Am Ufer standen Wachposten, und auf dem Wasser patrouillierten Motorboote. Deshalb fuhr sie in der Mitte der ersten Woche ihrer erzwungenen Untätigkeit mit einer Freundin am Rand von Berlin entlang, um zu sehen, ob die Grenze in Großglienicke bei Potsdam durchlässiger war. Sie war es nicht. Ein Tag als Aushilfskellnerin in einem auch von Grenzwachen besuchten Biergarten überzeugte sie davon, dass das

Risiko zu groß war. Zwei Tage später rieten ihr zwei enge Verwandte, beide desillusionierte Kommunisten, sie solle so schnell wie möglich in den Westen gehen. Sobald der Staat dazu komme, sich mit ihr als ehemaliger Grenzgängerin zu befassen, würde sie wahrscheinlich in eine LPG in Mecklenburg oder Thüringen gesteckt werden.

Am Samstag, dem 19. August, dem Tag der Ankunft von Johnson und Clay, machten Ursula Heinemann und ihre Mutter einen Spaziergang. Sie gingen nach Nordwesten, zwischen einem Friedhof und einem Krematorium auf der Rechten und einem Wald auf der Linken entlang, und überquerten eine Brücke über den Britzer Verbindungskanal, der den Teltowkanal mit der Spree verband. Beide Kanalufer lagen in Ost-Berlin, aber nur zwei-, dreihundert Meter entfernt befand sich der Grenzübergang Sonnenallee, der immer noch geöffnet war, allerdings nur für Besucher aus dem Westen.

Mutter und Tochter gingen nicht direkt auf den Übergang zu, sondern nahmen einen Weg durch vernachlässigte Schrebergärten. Dort sagte Ursula ihrer Mutter, dass sie die Lage erkunden wolle, und drang allein tiefer in die menschenleer daliegende Gartenkolonie ein. Die Grenze zwischen sowjetischem und amerikanischem Sektor verlief nur gut 20 Meter entfernt an einem Wassergraben, dem Heidkampgraben. In der Nähe stand ein offenbar verlassenes Häuschen und unmittelbar vor ihr ein neu errichteter Stacheldrahtzaun. Obwohl sie nur einen Pulli und eine Freizeithose trug und wusste, dass ihre Mutter auf sie wartete, beschloss sie, es zu versuchen. Sie hatte so ein Gefühl: jetzt oder nie.

Am Erdboden unter dem Stacheldraht war eine Lücke, die gerade groß genug war, um sich hindurchzuzwängen. Quälend langsam schob sie sich unter den Zaun und zwang sich, nicht daran zu denken, dass der Stacheldraht ihren Pulli zerriss. Sie musste den Draht mit einer Hand hochheben, um genügend Platz zu haben, und stöhnte vor Schmerz auf, als sich die Drahtstacheln in ihre Handfläche bohrten. Aber sie kam hindurch, hatte damit aber nur einen zweiten, erst vor Kurzem aufgestellten Zaun erreicht. Also wiederholte sie die Prozedur, zog sich weitere Schnitte zu und ließ weitere Fetzen ihres Pullis zurück.

Sie sah das Schild, das die Sektorengrenze anzeigte. Ihr Herz klopfte, der Puls raste.Wenn sie dieses letzte Hindernis überwunden hatte, wäre sie doch sicher, oder? Dann roch sie Zigarettenrauch. Nur wenige Meter von ihr entfernt stand ein Wachposten, vielleicht nicht nur einer. Aber jetzt gab es kein Zurück mehr. Sie zog ihre Beine unter dem Stacheldraht hervor und kroch so schnell wie möglich an dem Grenzschild vorbei.

Sie war in West-Berlin, wie ihr ein Mann in einem Garten auf der anderen Seite des Schilds bestätigte. Ob der Wachposten sie gesehen oder gehört, aber entschieden hatte, sie gehen zu lassen, würde sie nie erfahren. Sie hatte diesen großen Schritt so unvorbereitet unternommen, dass sie zwar ihren Personalausweis und ein Taschentuch bei sich hatte, aber kein Geld. Doch eine freundliche Seele gab ihr zwei Mark, sodass sie einen Bus nehmen und sich im Notaufnahmelager im Westen anmelden konnte.

Zum Glück hatte sie eine Arbeit. Am kommenden Tag war sie zurück im Plaza Hotel, das sie wieder einstellte und ihr darüber hinaus eine Unterkunft zur Verfügung stellte. Sogar ihr schlechtes Gewissen wegen ihrer Mutter hatte sie beruhigt. Nachdem sie im Westen angekommen war, hatte sie sich schwere Vorwürfe gemacht. Immerhin war sie losgezogen, um die Lage zu erkunden, und nicht, um für immer wegzubleiben. Was sollte ihre Mutter denken? Aber der Grenzübergang Sonnenallee war noch offen, und der Mann im Garten war bereitwillig mit dem Fahrrad in den Osten hinübergefahren, hatte ihre Mutter gefunden und ihr versichert, dass ihre Tochter im Westen angekommen sei

Abschnitt: Beton, Kapitel: Flüchtlinge, Fluchthelfer und Grenzsoldaten

…

Nach einem Expertenbericht an Honeckers Zentralen Stab von Ende Oktober 1961 begannen Pioniereinheiten der Armee die bestehenden „Grenzanlagen" auszubauen, um sie einerseits sicherer zu machen und andererseits – an gewissen symbolischen oder bekannten Orten wie dem Brandenburger Tor und dem Checkpoint Charlie – etwas weniger brutal erscheinen zu lassen.

In der Nacht vom 27. auf den 28. Oktober musste im französischen Sektor ein beträchtliches Aufgebot der West-Berliner Polizei einschreiten, um eine Ansammlung von 150 Jugendlichen zu zerstreuen, die versuchten, den Stacheldrahtzaun an der Grenze niederzureißen. Laut New York Times nutzten allein in dieser Nach 22 Ostdeutsche, unter ihnen ein uniformierter Zollbeamter, die Gelegenheit zur Flucht.

…

Flucht aus Westberlin im Frühjahr 1963

Abschnitt: Beton, Kapitel: Spiele und Schüsse an der Mauer

…
Die Verstärkung der Mauer war auch eine Reaktion auf spekta-
kuläre individuelle Fluchten. Hans Meixner hatte durch Wagemut
einer Flucht zum Erfolg verholfen. Er war 20 Jahre alt und studierte
in Westberlin. Als Österreicher konnte er sich viel freier in der Stadt
bewegen als Westdeutsche und Westberliner. 1962 lernte er bei einer
Hochzeit im Osten Margit kennen, eine junge Beamtin bei der Ostberliner Stadtverwaltung. Die beiden verliebten sich ineinander und
beantragten in ihrem jugendlichen Optimismus die Heiratserlaubnis
und für Margit die Ausreisegenehmigung zu Hans in den Westen.
Der Antrag wurde abschlägig beschieden, ebenso wie die folgenden
Eingaben bei verschiedenen DDR-Behörden. Das Paar war nahe der
Verzweiflung.

Glücklicherweise konnte Meixner jederzeit nach Ostberlin fahren.
Im Frühjahr 1963 sah er bei der Rückkehr von einem seiner Besuche
am Checkpoint Charlie, wie eine Frau in einem Sportwagen von den
Grenzbeamten kontrolliert wurde. Ihr Auto war so niedrig, dass sie,
wenn sie zufällig die Handbremse gelöst hätte, unter dem schweren
Schlagbaum hindurch in den Westen geschossen wäre. Das regte
Meixners Phantasie an. Bei seiner nächsten Fahrt in den Osten konnte
er die genaue Höhe des Schlagbaums markieren. Danach machte er
sich auf die Suche nach einem Auto, das unter ihm hindurchfahren

konnte. Schließlich fand er eines – einen Austin Healey Sprite, der zusätzlich den Vorteil hatte, dass die Windschutzscheibe abgenommen werden konnte.

Meixner mietete den Sprite für eine Woche, fuhr probeweise mit ihm nach Ostberlin und stellte fest, dass er ohne Windschutzscheibe tatsächlich unter dem Schlagbaum hindurchpasste. Stundenlang übte er auf einem verlassenen Platz in Westberlin, zwischen Ölfässern und runden Steinhaufen Slalom zu fahren, um diesen Hinderniskurs, wenn nötig, auch mit hoher Geschwindigkeit bewältigen zu können. Für gewöhnlich schlichen die Autos, nachdem sie die Grenzkontrolle passiert hatten, durch den Slalom und rollten dann langsam auf den Grenzschlagbaum zu. Erst wenn der dort stehende Grenzposten den Weg freigab und das Auto Westberliner Boden erreicht hatte, konnte der Fahrer wieder Gas geben.

Als Meixner glaubte, den Slalom, wenn nötig, mit hoher Geschwindigkeit bewältigen zu können, fuhr er wieder nach Ostberlin. Er instruierte Margit und deren Mutter, die ebenfalls mitkommen sollte, was sie tun mussten, und nach Einbruch der Dunkelheit legte sich seine Verlobte unter die Verdeckplane auf die Notsitzbank, und ihre Mutter quetschte sich in den Kofferraum. Ihre Verstecke mussten keiner Kontrolle standhalten, es genügte, dass sie auf den ersten Blick nicht zu sehen waren. Schließlich fuhr Meixner mit seinen Passagieren in die Friedrichstraße zurück.

Der kleine Sportwagen wurde routinemäßig zur Zollkontrolle durchgewunken. Meixner blieb dort allerdings nicht stehen, sondern fuhr langsam weiter auf den Slalom zu und, immer noch in Schleichfahrt, durch ihn hindurch. Erst als er ihn hinter sich gebracht hatte und das Auto wieder geradeaus fuhr, gab er Gas, beugte sich hinter das Lenkrad und raste unter dem Schlagbaum hindurch. Die überrumpelten Grenzposten konnten nicht mehr tun, als zu pfeifen. Schüsse fielen nicht. Dafür hatten die Posten keine Zeit.

Der erstaunliche Grenzdurchbruch des jungen Österreichers und seiner beiden Passagiere war damals eine der berühmtesten individuell geplanten Fluchten. Und wie bei den meisten solcher beherzten

Taten sorgte schon ihr Erfolg dafür, dass sie nicht wiederholt werden konnten. Binnen weniger Tage verstärkten die Ostdeutschen die Schlagbäume durch senkrechte Eisenstäbe.

Verbreiteter als solche spektakulären, aber einmaligen Kunststücke war die Methode, in Lastwagen und PKW Verstecke einzubauen, in denen Flüchtlinge in den Westen geschmuggelt wurden. Da bei ausreisenden Autos automatisch Kofferraum und Motorhaube geöffnet wurden, mussten Verstecke so angebracht werden, dass sie nur bei einer intensiven Kontrolle, wenn nicht erst bei der Demontage des gesamten Fahrzeugs gefunden werden konnten. ... Beliebte Plätze für die Unterbringung von Passagiercontainern waren der Raum zwischen Armaturenbrett und Motor sowie der Raum hinter und unter der Rückbank. Schließlich führte diese Methode aufseiten der Ostdeutschen zum Einsatz von Röntgengeräten.

...

Quellenvermerk:
Frederick Taylor: Die Mauer. 13. August 1961 bis 9. November 1989
© 2009 Wolf Jobst Siedler Verlag, München, in der Verlagsgruppe Random House GmbH, Übersetzung: Klaus-Dieter Schmidt

Anmerkung:
Nicht alle, die eine Flucht nach West-Berlin versuchten, hatten Glück. Schon bald waren bei Fluchtversuchen Tote zu beklagen.

Trotzdem unternahmen Menschen aus der DDR und Ost-Berlin immer wieder Fluchtversuche.

Aus: Hin und Her über Checkpoint Charlie und Invalidenstraße
von Sarah Haffner
In: Grenzübergänge, Autoren aus Ost und West erinnern sich,
herausgegeben von Julia Franck

…

Damals, Anfang der achtziger Jahre, fuhr ich noch nicht sehr oft nach Ostberlin, wo ich nur einen kleinen Freundeskreis hatte. Mein Bekanntenkreis erweiterte sich aber nach und nach, und einige Jahre später war ich zwei- bis dreimal im Monat dort. Fast immer fuhr ich über den Grenzübergang Invalidenstraße, wo ich, wenn er gerade Dienst hatte, von dem freundlichsten Kontrolleur begrüßt wurde mit den Worten: »Wat denn, schon wieder in die Hauptstadt!« Die meisten Kontrolleure sind mir nicht weiter aufgefallen, aber es gab dort auch einen Widerling, dessen Unfreundlichkeit und besondere Pedanterie ich einige Male bei der Rückfahrt habe erdulden müssen. Betont langsam führte er die Kontrollen aus. Erst betrachtete er genau den Ausweis, der damals noch gefaltet war, von allen Seiten. Nachdem er das Auto innen angesehen, mehrmals an den Polstern herumgedrückt und das Handschuhfach mit der Taschenlampe ausgeleuchtet hatte, ordnete er barsch an, die Motorhaube zu öffnen, um wieder mit der Taschenlampe den Motor auszuleuchten und mit der anderen Hand gleichzeitig zu prüfen, ob ich dort nichts versteckt hatte. Nachdem er auch den Kofferraum eingehend inspiziert hatte, holte er einen an einem langen Stiel befestigten Spiegel und schob ihn von allen Seiten unter mein kleines Auto. Zum Schluss stocherte er minutenlang mit einem dicken Draht in meinem Tank herum. Was er dort zu entdecken hoffte, habe ich nie herausgefunden.

Einmal fuhr ich mit einem Freund in die Wälder bei Gransee, um Pilze zu sammeln. Es war der Tag vor dem DDR-Nationalfeiertag. In Gransee hingen aus etwa der Hälfte der Fenster Fahnen mit Hammer, Zirkel und Ährenkranz. In den Schaufenstern der Läden waren Fotos von Honecker in Silberrahmen neben Päckchen von Ata oder Hallorenkugeln zu sehen. Am schönen Schinkeldenkmal auf dem Marktplatz übte eine Band rotbackiger Bauernbuben sehr laute Musik ein für den nächsten Tag. Sonst war tote Hose in Gransee. Die Straßen waren gähnend leer. Nicht einmal ein Konsum oder eine Bäckerei hatten geöffnet an diesem Sonnabendmittag.

Unsere Ausbeute an Pilzen war nicht sehr groß. Offensichtlich waren morgens viele Pflücker in den Wäldern unterwegs gewesen, und wir mussten mit dem vorliebnehmen, was nachgewachsen war, kümmerlich kleine Maronen. Immerhin füllten wir damit einen nicht sehr großen Bastkorb. Es war nicht der Widerling, sondern einer der unauffälligen Kontrolleure, der uns in der Invalidenstraße empfing. Aber als wir den Kofferraum öffneten und er die Pilze sah, sagte er: »Nich mal det wollnse uns lassen!« …

Abdruckgenehmigung freundlicherweise von der Autorin erteilt.

1989

Aus:
Angelika van der Borght: Wahnsinn
In: Das Jahr, in dem die Mauer fiel. 20 Jahre
Mauerfall – Zeitzeugen erinnern sich,
herausgegeben von Johann-Friedrich Huffmann

...

Seit 1985 durfte ich meine betagte Mutter in Westberlin besuchen. Sie selbst konnte die Aufregungen an der Grenze nicht mehr verkraften. Also nahm ich die besonderen Anlässe, sie zu besuchen, so oft wie möglich wahr.

...

Die Tage in Westberlin vergingen wieder viel zu schnell; ich musste zurück und vor 24 Uhr den Glaskasten, den heutigen »Tränenpalast«, passiert haben. Wie immer fuhr ich auf den letzten Drücker los, bepackt mit schweren Taschen. Meine Liste der mitgebrachten Sachen hatte ich aus taktischen Gründen wieder sehr ausführlich ausgefüllt. Ich hatte nämlich festgestellt, dass die Zollbeamten sich die Taschenkontrolle sparten, wenn sie sahen, dass man so ehrlich war, jede Socke und jede Tafel Schokolade einzeln aufzuführen. Und es war diesmal eine besonders lange Liste! – Zwischendurch tauchte mal eine Schallplatte oder ein Buch auf. Aber dazu musste man diese lange Liste schon genau lesen.

Nachdem ich die Schleuse und den äußerst kritischen Vergleich zwischen Passbild und Original erfolgreich hinter mich gebracht hatte, indem ich lange still stehen und nach oben schauen musste, denn der jeweilige Grenzsoldat war wohlweislich höher positioniert, und ich die schon fast obligatorische Frage nach der Herkunft meines Namens höflich beantwortet hatte, reihte ich mich in eine der beiden Warteschlangen ein, die noch den Zoll passieren mussten, um dann in die östliche Freiheit entlassen zu werden. Wenn ich dann endlich auf der Friedrichstraße stand, vergeblich nach einem Taxi Ausschau haltend, und die graue, menschenleere Tristesse wieder sah, pflegte ich immer laut zu sagen: »Die DDR hat mich wieder!«

...

Quelle:

Johann-Friedrich Huffmann (Hg.): Das Jahr, in dem die Mauer fiel. 20 Jahre Mauerfall – Zeitzeugen erinnern sich, Frieling Verlag Berlin, 2009 Sämtliche Rechte an dem Beitrag von Angelika van der Borght sind der Autorin vorbehalten.

Abdruckgenehmigung freundlicherweise von der Autorin erteilt.

Die Mauer ist weg

Aus: Keine Angst von Helga Schubert
In: Die Mauer ist weg. Ein Lesebuch von Wolfgang Huber (Hg.)

9. November 1989

… Wir gingen weiter auf die grell beleuchtete, weiß gestrichene Mauer zu. Taghell war es jetzt um Mitternacht. Da sah ich beim Näherkommen ein winziges Graffito, nur so groß wie eine Postkarte, mit Kugelschreiber auf die drei Meter dicke Panzermauer geschrieben:

Die Mauer ist weg.

Die Mauer ist weg, stand auf der Sperrmauer.

(So was kann man sich einfach nicht ausdenken.)

Abdruckgenehmigung freundlicherweise von der Autorin erteilt.

Zum Schluss

»Irgendwann fällt jede Mauer«
(war auf einem Stück der »Berliner Mauer« aufgesprüht)

Berlin ist als Metropole auferstanden.
Berlin ist die Hauptstadt Deutschlands.

Die Eröffnung des neuen, internationalen Flughafens BER Berlin
Brandenburg »Willy Brandt« steht – immer noch – bevor. Der Flughafen wird ein »modernes Stadttor« sein und Berlin mit der Welt
verbinden.
Über Zollgeschichten wird zu gegebener Zeit berichtet werden.

Die Autoren

Van der Borght, Angelika, geboren 1946 in Kyritz (Ostprignitz). Diplom-Grafikdesignerin. Ab 1976 freischaffend tätig.
Veröffentlichte literarische Texte und Illustrationen in Anthologien und Zeitungen; Zeitzeugenpreis Berlin-Brandenburg 2006/2007. Lebt in Oranienburg, zwei Söhne.

Conradt, Sylvia, und **Heckmann-Janz,** Kirsten, leben in Berlin und sind freiberufliche Hörfunkjournalistinnen. Veröffentlichungen (Mitautorinnen):
»Heil Hitler, Herr Lehrer!«. Volksschule 1933–1945
»… du heiratest ja doch!«. 80 Jahre Schulgeschichte von Frauen (1985)

Dos Passos, John, geboren 14. Januar 1896 in Chicago, gestorben 28. September 1970 in Baltimore. Schriftsteller, einer der Hauptvertreter der amerikanischen Moderne.
42 Romane, daneben Gedichte, Essays und Theaterstücke und mehr als 400 Gemälde.
1967: Internationaler Feltrinelli-Preis.

Fröbe, Gert, geboren 25. Februar 1913 in Oberplanitz (heute: Zwickau, Sachsen), gestorben 5. September 1988 in München.
Schauspieler, gilt als einer der bedeutendsten deutschen Charakterdarsteller.
1948 wurde er in der Rolle des (damals noch schlanken) *Otto Normalverbrauchers* im Film »Berliner Ballade« bekannt.

1958 »Es geschah am helllichten Tag« (Drehbuchvorlage: Friedrich Dürrenmatt).

Auf der Grundlage dieses Erfolges 1964 internationaler Karrieredurchbruch in dem James-Bond-Film »Goldfinger«, 1965 »Die tollkühnen Männer in ihren fliegenden Kisten«, 1988 Gastauftritt in der Fernsehserie »Die Schwarzwaldklinik«.

Herausragender Rezitator der Werke von Christian Morgenstern, Joachim Ringelnatz, Erich Kästner.

Zahlreiche Auszeichnungen.

Grillparzer, Franz, geboren 15. Januar 1791, gestorben 21. Januar 1872.

Österreichischer Dichter. Studierte Philosophie und Jura, danach Hauslehrertätigkeit, ab 1813 im Staatsdienst, Beamter im Finanzministerium, 1856 als Hofrat pensioniert. Reisetätigkeit. Aufnahme in die Wiener Akademie der Wissenschaften und in das österreichische Herrenhaus.

Lyrik, Novellen, Dramen (bedeutendster österreichischer Dramatiker).

Haffner, Sarah, wurde 1940 in Cambridge geboren und wuchs in London auf. 1954 zog die Familie nach Berlin, wo ihr Vater als Korrespondent für den »Observer« arbeitete. Dort studierte sie an der Westberliner Kunsthochschule Malerei. Nach längeren Aufenthalten in Paris und London entschied sie sich für Berlin, wo sie als Malerin und Autorin lebt und arbeitet. Zuletzt erschienen »Eine andere Farbe. Geschichten aus meinem Leben« (2001) und »Blaulicht: Bilder, Zeichnungen, Texte« (2010).

Harpprecht, Klaus, 1927 in Stuttgart geboren, Journalist, u.a. bei RIAS Berlin, SFB und WDR. Erster Amerika-Korrespondent für das ZDF, er fertigte mehr als 50 Fernsehdokumentationen. 1966 bis 1969 Leiter des S. Fischer Verlags, 1972 bis 1974 Redenschreiber und Berater von Bundeskanzler Willy Brandt. Regelmäßige Beiträge für die »Süddeutsche Zeitung«, »Frankfurter Allgemeine Zeitung« und vor allem »Die Zeit«. Autor und Herausgeber vieler erfolgreicher Bücher, u.a. Biographien: Thomas Mann, Marion Gräfin Dönhoff, 2014 erschien seine Autobiographie »Schräges Licht. Erinnerungen ans Überleben und Leben«. Vielfache Auszeichnungen: Lessing-Preis der Hansestadt Hamburg, Theodor-Wolff-Preis, Ritter der französischen Ehrenlegion. Lebt seit 1982 mit seiner Frau Renate Lasker-Harpprecht im südfranzösischen La Croix-Valmer.

Heckmann-Janz, Kirsten, s. bei Conradt, Sylvia

Hoerning, Erika M., Dr. rer. pol., arbeitete als wissenschaftliche Mitarbeiterin am Max-Planck-Institut für Bildungsforschung (Bereich Lebenslaufforschung) in Berlin.
   Zahlreiche Veröffentlichungen.

Von Hornstein, Erika (verheiratet: Bausch), geboren 1913 in Potsdam, gestorben 20. April 2005 in Berlin, wuchs in Potsdam und Berlin auf und lebte später vor allem in Berlin.
   Malerin, Filmemacherin, Schriftstellerin, Schülerin von Karl Schmidt-Rottluff und Carl Hofer.
   Veröffentlichungen: 1956: Der gestohlene Phönix
   1960: Die deutsche Not – Flüchtlinge berichten
   1963: Staatsfeinde: sieben Prozesse in der »DDR«
   1969: Adieu Potsdam

Keunecke, Susanne, geboren 1958 in Heiligendorf, Niedersachsen. Diplom-Soziologin, Studium der Fächer Soziologie, Geschichte, Psychologie und Politologie in Berlin und Paris. Museums- und Forschungstätigkeiten, Tätigkeit als freie wissenschaftliche Mitarbeiterin.

Kiriakidis, Brigitte, hat an der Humboldt-Universität zu Berlin Fremdsprachen studiert und das Diplom 1972 erhalten. Sie interessierte sich schon immer für Literatur, hat aber erst in reiferen Jahren das Schreiben zu ihrem Lebenselixier gemacht. Sie schreibt Gedichte, Kurzgeschichten, Erzählungen und arbeitet an zwei größeren literarischen Projekten.

Linsenbarth, Johann Christoph, geboren 1689 Schloss Beichlingen/ Thüringen, gestorben 22. August 1777 in Berlin.
Studierte 1716–1720 Evangelische Theologie in Jena, danach Kandidat, 1750 nach Berlin, Tätigkeit als Hauslehrer im Hause des Apothekers Rose.

Márquez, Gabriel García, geboren 6. März 1927 in Aracataca, Magdalena, Kolumbien, gestorben am 17. April 2014 in Mexiko-Stadt.
Schriftsteller, Journalist, Nobelpreisträger.
1967: Mit dem Roman »Hundert Jahre Einsamkeit« gelang ihm der Durchbruch als Schriftsteller.
1982 wurde er für dieses Werk mit dem Nobelpreis für Literatur geehrt.
Schrieb Drehbücher, Kolumnen, Reportagen, Kurzgeschichten, Erzählungen, Romane und Memoiren (Meister des »Magischen Realismus«).

Mittmann, Wolfgang, geboren 26. März 1939 in Trebnitz/Schlesien, gestorben 12. Februar 2006 in Beiersdorf/Brandenburg.
Erlernte den Beruf des Lokomotivschlossers, holte das Abitur nach und studierte Kriminalistik.
34 Jahre im Polizeidienst, ging als Kriminalhauptkommissar in den Ruhestand, wandte sich dann der Schriftstellerei zu und wurde mit seinen *Kriminalfällen aus der DDR* bekannt.
Mitherausgeber der Gesamtbibliographie »Die Kriminalliteratur der DDR«; Kriminalerzählungen, Romane und Hörspiele.

Pollak, Hans, geboren 1920 in Danzig, gestorben 1976.
Seit 1948 journalistisch tätig, u.a. als Gerichtsreporter. Als Kriminalautor und Kenner der Berliner Kriminalgeschichte verfasste

er 13 Bücher, darunter »Tatort Mulackritze« und »Tatort Sektoren-grenze«.

Riess, Curt, geboren 1902, gestorben 1993.

Dr. phil., Journalist, Schriftsteller, Publizist. 1929 Sportjournalist in Berlin. Reporter von zahlreichen Reisen durch Europa. 1933 Emigration nach Paris. Journalist in London, New York und Hollywood. Kriegsberichterstatter in Europa, seit 1948 wieder in Berlin.

1952 Heirat mit der Schauspielerin Heidemarie Hatheyer und Übersiedlung in die Schweiz.

Reportagen, Drehbücher, Romane und Sachbücher.

Sanke, Hans: Die ZeitZeugenBörse e.V. Berlin kann zum Autor keine weiteren Angaben machen. Er war lediglich zeitlich begrenzt für die Broschüre »Ost-West Piraten« als Zeitzeuge eingebunden.

Schubert, Helga, wurde 1940 in Berlin geboren, verheiratet (Familienname: Helm), Diplom-Psychologin und Schriftstellerin, war von 1989 bis 1990 Pressesprecherin des Zentralen Runden Tisches. Sie ist Mitglied des PEN-Zentrums, des Autorenkreises der Bundesrepublik und Ehrendoktorin der US-amerikanischen Purdue-University. Sie veröffentlichte verschiedene Bücher, u.a. »Lauter Leben«, »Judasfrauen«, »Das verbotene Zimmer«, »Die Welt da drinnen – eine deutsche Nervenklinik und der Wahn vom unwerten Leben«. Auszeichnungen: u.a. Fallada-Preis, Heinrich-Mann-Preis.

2008 hat sie ihren Hauptwohnsitz von Berlin in das mecklenburgische Dorf Neu Meteln verlegt, wo sie mit ihrem Ehemann lebt.

Stern, Hellmut, geboren 21. Mai 1928 in Berlin, jüdischen Glaubens, Geiger und Weltenbürger, 1938 emigrierte er mit seiner Familie in die Mandschurei, nach 1949 Ausreise nach Israel.

Mitglied des Israel Philharmonic Orchestra.

Ab 1956 lebte und arbeitete er in den USA.

1961 Rückkehr nach Berlin als Erster Geiger des Philharmonischen Orchesters.

Stern lebt heute in Berlin und Florida.

1990 erschien die Autobiographie »Saitensprünge« (erweiterte Fassung 1997).

Taylor, Frederick, geboren 1947 in Aylesbury, Buckinghamshire, GB, britischer Historiker.

Durch ein Stipendium der Volkswagen-Stiftung konnte er mehrfach sowohl die Bundesrepublik Deutschland als auch die DDR besuchen.

Übersetzte die Tagebücher von Joseph Goebbels aus den Jahren 1939 bis 1941 ins Englische.

Aufsehen erregte sein Werk »Dresden, Dienstag, 13. Februar 1945«.

2009 erschien »Die Mauer«.

Fellow der Royal Historical Society Großbritanniens.

Lebt mit seiner Frau in Cornwall.

Voigt, Jutta, geboren 5. Juni 1941 in Berlin.

Studium der Philosophie an der Humboldt-Universität Berlin, Journalistin, Autorin.

Für verschiedene Wochenzeitungen tätig.

2000 Theodor-Wolff-Preis.

2009 erschien »Westbesuch. Vom Leben in der Sehnsucht«.

M. Will, L. Schnapauff, F. Paulus: Autoren des Berliner Heimatheftes 1961, Unterlagen über diese Autoren liegen dem Kulturbuch-Verlag Berlin nicht mehr vor.

Zerna, Herta, geboren 11. Februar 1907, gestorben 1992.

Journalistin, Autorin, Redakteurin.

Lebte von 1939 bis 1945 zeitweise in ihrem Sommerhaus in Kagar, einem kleinen Dorf bei Rheinsberg in der Neuruppiner Schweiz (Titel eines ihrer Romane: »Es lag bei Rheinsberg«). Hier gewährte sie Regimegegnern Unterkunft (u.a. dem späteren Regierenden Bürgermeister von Berlin, Otto Suhr).

Schrieb (Kurz-)Romane und Gedichte mit berlinischem bzw. märkischem Kolorit.

Dank

Meinen herzlichen Dank sage ich allen, die mich bei der Herausgabe dieses Buches unterstützt haben.

Besonderer Dank gebührt

Herrn Dieter Dewes, BDZ-Bundesvorsitzender, Deutsche Zoll- und Finanzgewerkschaft, Berlin, für das Vorwort zu diesem Buch;

Herrn Dr. Karl-Heinz Rothenberger, Akademischer Direktor a.D., Landau/Pfalz, für die Durchsicht meines Konzepts und die hilfreichen Hinweise;

den betreffenden Verlagen, Autorinnen/Autoren oder sonstigen Rechte-Inhabern für die erteilte Abdruckgenehmigung.

Volker Böhm

Herausgeber:
Volker Böhm, Zollbeamter a.D.

Bei BoD, Norderstedt, sind erschienen:
2008: »Halt! Zoll!«: Eine Sammlung von Texten, Berichten, humorigen Geschichten … um Zoll, Grenze und Schmuggel
2013: »Erlesene« ZOLL-Episoden: Gesammelte Zoll- und Grenz-Geschichten